La sirène et le clochard

Collection dirigée par
Christian Poslaniec

Grand Prix du livre pour la jeunesse 1996
décerné par le ministère
de la Jeunesse et des Sports

ISBN : 2-84113-542-X

Marie-Laure Castets

La sirène et le clochard

Illustrations de
Marie-Laure Castets

Milan

« Tu seras marchande de poissons ! » disaient pour rigoler ses parents à **Marie-Laure Castets**, parce qu'elle n'aimait pas l'école. Finalement, elle est devenue graphiste et illustratrice indépendante pour la publicité et il lui arrive de dessiner des poissons (qu'elle vend, bien sûr !). Alors forcément, pour son premier roman, elle se devait de raconter une histoire de femme-sardine.
Quand elle n'est pas plantée devant l'aquarium virtuel de l'écran de son ordinateur, elle rêve de quitter Paris et d'habiter la campagne à deux pas de la mer, entourée de chats, de chiens, de poneys, d'un grand jardin et de son incroyable bric-à-brac accumulé au fil des ans, parce qu'elle ne sait pas jeter (ça lui fait de la peine et puis elle a peur d'avoir des regrets).
En attendant, elle fait pousser des tomates cerises sur le rebord de sa fenêtre, et elle garde les chiens et les chats des amis quand ils partent en vacances…

À Marie, Christophe,
Anne, Dominick…

L'AVANT VEILLE...

Quelque part sur la côte,
un soir de tempête en septembre…

1

Le Père No écoutait la mer gronder, la regardait se gonfler et s'écraser sur les grands côtés élimés de la falaise presque noire. Il s'était blotti au creux d'un rocher à l'abri des vagues, protégé par trois vieilles capotes de deux-chevaux récupérées à la décharge de T… Sur son ventre, il avait calé Matou, un énorme chat tigré aux poils piqués et au fort mauvais caractère, mais qui se révélait être un excellent chauffage central par les temps qui couraient.

Le Père No était clodo, c'est lui qui l'avait choisi, par philosophie. Il disait que c'était le seul moyen de vivre libre et surtout loin de ces hommes trop pressés, toujours à la quête de l'inutile. Le Père No, ce n'était pas son vrai nom, mais celui que lui avaient donné les habitants du quartier Riva Bella, à cause de son penchant pour l'alcool et aussi parce qu'il disait non à tout, pour tout. Aujourd'hui, peu de gens se souvenaient du véritable état civil de cet homme sans âge, qui vivait hors du temps et personne ne s'en souciait… surtout pas lui.

Le vent balayait le sable.

— R'garde Matou, r'garde comme elle est belle quand elle est en colère.R'garde-la soulever ses beaux jupons d'écume, on dirait de la dentelle, pas vrai ? dit le Père No, tout en gratouillant l'unique oreille de son chat.

Celui-ci émit une espèce de ronflement de contentement, plus proche du bruit d'un moteur de climatiseur que d'un ronronnement.

— R'garde donc Matou, criait-il, en lui démantelant la tête d'une main et en lui montrant de l'autre le haut de la falaise. Y sont tous morts de trouille, y courent dans tous les sens, y z'amarrent tout ce qui bouge,

barricadent tout ce qu'y peuvent. Allez-y tas de bourgeois, courez, courez… hurlait-il, tout en maintenant le chat qui se tortillait comme une anguille, pour échapper à l'emprise de la main qui lui tordait la tête vers le ciel.

Le Père No but une rasade de rouge et éclata d'un gros rire déformé par l'alcool.

— Nous on s'en fout, hein Matou ? reprit-il, en le soulevant à hauteur de ses yeux pâles. Ça nous fait pas peur la tempête, elle peut tout emporter, tout balayer, on n'a rien à perdre, hein ?... mais si que j'suis bête, bien sûr qu'on a quelque chose... et il lui flanqua sous le nez, le goulot de la bouteille. Allez, vas-y, bois un coup, à la santé du dieu Matou !

Le chat poussa un cri rauque et doubla de volume, soulevant brusquement sa toison, jusqu'à se métamorphoser en un véritable hérisson. Puis il se mit à souffler et à cracher bruyamment, comme une vieille cafetière sur le point de déborder.

Surpris, le Père No le lâcha, mais Matou reprit aussitôt place sur ses cuisses encore chaudes, comme si de rien n'était.

— Tu fais ta fine bouche, boule de poils ? T'es trop fier pour trinquer avec le Père No ? Tu deviens comme ceux d'en haut ? S'il est pas à ton goût mon rouge, t'as qu'à te bouger et aller boire de l'eau de mer !

D'un coup de coude, il voulut repousser le chat qui planta ses griffes dans les côtes de son pantalon en velours râpé.

— Aïe ! non mais t'es pas un peu dingue ? Ce que tu peux être collant comme greffier... dit-il, en le recalant sur son abdomen.

Bon, c'est bon, t'as qu'à rester. Mais, j'te préviens, j'veux plus t'entendre pour rien dire. Et regarde-moi quand je te parle, surtout j'veux plus t'entendre me contredire. C'est compris ?

Le Père No se remit à gratter l'unique oreille de son chat, qui de nouveau se mit à ronfler comme un moteur de climatiseur. Il lui parla un bon moment de ceux d'en haut, de la mer, du temps qui passe… tout en s'humectant le gosier et en le prenant à partie. Enfin, ils finirent par s'endormir pattes et bras mêlés, ivres d'alcool, de paroles et de tempête.

LA VEILLE…

2

Comme chaque lendemain de tempête, le Père No se réveilla de bonne heure et de bonne humeur. La mer était loin, très loin. On distinguait tout juste à l'horizon une sombre ligne de métal argenté entre le ciel et le sable. Il courut dans sa direction, les mains placées en porte-voix autour de sa bouche et lança :

— Alors ma belle, qu'est-ce que tu m'apportes aujourd'hui ?

Il aimait s'adresser à elle comme à une femme, il disait que ça lui donnait un côté vieux loup de mer, aussi il lui parlait avec des mots d'amour et elle le lui rendait bien. Elle charriait dans les flux et reflux de ses ressacs une quantité de trésors inestimables pour le Père No : des vieilles planches, des bouts de bouts[1], des squelettes de parasol, des vieilles godasses, et encore un nombre incroyable de merveilles en tout genre. Une fois, elle lui avait même fait don d'un vélo à peine rouillé, que Polo le ferrailleur lui avait racheté pour cinquante francs.

— Hé Matou, vise un peu, hurla-t-il, en remontant vers leur rocher.

Le chat, pelotonné au fond d'une capote, faisait mine de ne pas l'entendre.

— Allez, secoue-toi sac à puces, dit-il en faisant voler le morceau de toile d'un coup de pied.

Le chat se déplaça avec mollesse de quelques centimètres. Il détestait ces lendemains de tempête, il ne partageait en rien l'excitation du Père No. Il trouvait son attitude disproportionnée et grotesque, par rapport aux quelques cochonneries que la mer

1. Cordages.

voulait bien lui recracher quand elle était en colère.

— Mais, regarde donc ce qu'elle nous a ramené, reprit le Père No, en désignant du bout du doigt une espèce de marmite géante qui trônait bêtement au milieu de la plage.

Matou montra avec arrogance, en léchant consciencieusement la fourrure de sa patte gauche, qu'il ne se souciait guère de ce vomi marin et que rien ne serait assez extraordinaire pour le faire sortir de sa tanière.

Le Père No, impatient, écrasa du bout de son croquenot la queue du chat qui poussa un cri comparable à celui d'une mouette courroucée.

— T'as fini de faire ta mauvaise tête, chat de rupin ? Te fais pas plus bête que la bête que tu es… S'il te plaît, supplia-t-il, viens voir avec moi. Qui sait ? On te trouvera peut-être là-bas quelque chose qui te remettra les poils dans le bon sens.

Matou se leva et fouetta violemment son appendice endolori, en signe de profonde mauvaise humeur. S'il se décidait à le suivre la rage au cœur, c'était uniquement parce qu'il savait que le Père No ne le laisserait plus en paix.

Ils marchèrent côte à côte sur le sable humide, laissant derrière eux un cheminement d'empreintes d'homme et de chat. Silencieux, ils ne quittaient pas des yeux l'étrange marmite qui grossissait, grossissait au fur et à mesure qu'ils progressaient. Bientôt, ils découvrirent qu'il s'agissait en fait d'une baignoire, mais pas n'importe laquelle : une magnifique, de style, avec trois pieds, d'une belle couleur émaillée bleu céleste et sertie de petites grappes de raisins dorés.

— Tu as vu ça Matou, une baignoire de bourgeois ! On est sacrément en veine, un truc pareil Polo me le reprend au moins pour cent francs. Tu imagines un peu la fête ? Je t'achèterai une boîte de Ron-Ron et puis du lait aussi si tu veux, et pour moi ce sera champagne !... Qu'est-ce que tu en dis vieux ?

En signe d'approbation, le chat émit un son proche du bruit que font les vieilles portes en chêne qui n'ont pas vu une burette d'huile depuis des années. Ses yeux brillaient de convoitise à la simple évocation d'une boîte de Ron-Ron et déjà un petit filet de bave pointait à la commissure de ses lèvres. Il se remémorait avec délice la dernière fois qu'il avait senti sur sa langue le moelleux de ces succulentes boulettes cuisinées façon chasseur. Il n'en avait rien oublié, ni l'odeur, ni le goût, pourtant c'était il y a longtemps… ça remontait à la fois où le Père No avait trouvé le vélo.

3

La voix caverneuse du Père No tira brusquement le chat de ses délires gastronomiques.

— Nom de nom, de nom de nom ! Ce n'est pas vrai ! Faut qu'on se tire ! Vite ! Grouille-toi !

Qu'est-ce qui n'était pas vrai ? Pourquoi fallait-il décamper ? Matou était perplexe. Il avait devant lui une baignoire qui semblait sortir tout droit du château de Versailles, et c'était un vrai cadeau du ciel. Pour une fois il était en accord avec les découvertes sableuses du Père No, alors pour quelle raison devait-on abandonner un pareil trésor ? Il ne comprenait décidément plus rien et regardait tour à tour le Père No puis la baignoire, avec de grands yeux interrogateurs.

— Bon, qu'est-ce que tu fous ? Faut se barrer tout de suite ! Mais, tu ne vois donc pas qu'il y a une femme dans cette foutue baignoire. Allez magne, je ne veux pas d'ennui avec la flicaille moi ! et il s'éloigna à grandes enjambées.

Matou ne bougeait pas d'un poil, fixant toujours de ses deux billes jaunes cette promesse de Ron-Ron, de lait et de champagne. Plus loin, le Père No l'appelait, trépignait sur le sable mouillé, le sommait de venir le rejoindre sur-le-champ. Il s'épuisait en vain, car le chat était bien décidé à ne pas abandonner la perspective d'un tel festin, et ce n'était sûrement pas une simple bonne femme qui gâcherait tout.

D'un bond, il sauta sur le rebord de la baignoire et découvrit avec bonheur que le Père No s'était trompé. Ce n'était pas une femme qui marinait, mais une énorme sardine. Le chat n'avait jamais rien vu de semblable, même dans ses rêves les plus fous.

De troublants parfums de cétacés lui chatouillaient les moustaches. Il avait faim, alors, poussé par les gargouillis de son ventre vide, et à défaut de Ron-Ron, il planta ses crocs d'un coup sec dans l'épais corps d'écailles. Instantanément il traversa les airs avec la grâce d'un jeune goéland et alla s'écraser aux pieds du Père No.

— Aïe ! Non mais pas ça va ! Tarée cette tigrée chose elle est ! dit une voix musicale, sortie tout droit du fond de la baignoire.

Le Père No saisit Matou et le serra dans ses bras.

— Qui êtes-vous ? Sortez ! ordonna-t-il, d'une voix très mal assurée.

Et comme pour leur donner raison à tous les deux, une femme sardine se dressa dans la baignoire, ruisselante d'eau iodée et d'algues. Elle souriait de toutes ses dents incroyablement blanches, comme pour un film publicitaire vantant les mérites d'un dentifrice. Elle s'adressa au Père No, qui s'accrochait à son compagnon poilu comme à une bouée de sauvetage. Cette étrange apparition le terrifiait, il aurait aimé la fuir,

détaler comme un lapin, mais il restait là, figé comme une statue de sel.

— À vous cette chose elle est ?

Le Père No était sans voix. Il avait peine à croire ce qu'il voyait, il pensait même être en proie à un de ces délires éthyliques qui font apparaître des éléphants roses ou – pourquoi pas maintenant – des femmes sardines. Il murmura d'une voix minuscule, presque inaudible, qu'il ne boirait plus jamais une goutte d'alcool. Matou lui fit comprendre du regard qu'il s'agissait là d'une promesse d'ivrogne.

— Pourquoi pas répondez-vous moi ? Cette chose à vous est ? insistait-elle.

Le Père No se racla la gorge à la manière des grands orateurs pour se chauffer les cordes vocales.

— Ce n'est pas une chose, c'est mon chat ! finit-il par articuler péniblement, avec une intonation de crécelle.

L'animal lui décocha un large sourire de reconnaissance.

— Ah, cette chose être chat. Des chats m'avaient parlé les poissons, comme de crétins sombres, loin de la vérité étaient-ils je pense. Et vous qu'en pensez ?

Justement le Père No avait bien du mal à penser, face à cette sardine au si joli torse qui sentait si mauvais la marée. Il posa Matou sur le sable et s'approcha prudemment de la baignoire. Arrivé à sa hauteur, elle lui tendit une longue main blanche et fine, couverte de vase et lui dit :

— Marinella mon nom est, princesse sirène suis-je. Vous et ?

Il hésita un petit moment, avant de serrer cette main qui dégoulinait et qui puait... À son tour, il voulut se présenter, mais aucun son ne réussissait à sortir de sa bouche, elle s'ouvrait et se refermait dans le plus grand silence.

— Oh ! Poisson terre êtes-vous ? Fabuleux c'est, dit-elle en riant, un rire de sirène qui pétrifierait des marins en mer.

Le Père No rougit, tout ce fourbi commençait à lui échauffer sérieusement les oreilles, et il répondit sèchement :

— Non, pas un poisson de terre, ça n'existe pas, je suis un homme, un être humain, je m'appelle...

Il fit une pause. Il ne se souvenait plus comment il s'appelait, ni de son vrai nom, ni de celui que les habitants de Riva Bella lui avaient donné.

— Je m'appelle…

Rien à faire, sa mémoire lui faisait défaut, il ne pouvait tout de même pas lui dire qu'il ne s'appelait pas. Il plongea ses mains au plus profond de ses poches, comme pour y chercher une réponse. L'une d'elles rencontra une vieille étiquette de vin minutieusement pliée, sur laquelle il lui arrivait parfois de noter ce qui lui passait par la tête.

— Je m'appelle Sidi Brahim 12 degrés, prince des clodos, s'exclama-t-il, en lisant sans réfléchir.

Puis, il désigna le chat qui léchait son arrière-train meurtri.

— Lui, c'est Matou. Il a un foutu sale caractère, mais vous pouvez me croire, dans le fond c'est une brave bête.

Le chat cracha sur le sable, il détestait que le Père No le traite de bête, surtout devant une inconnue, qui plus est une sardine. Il s'éloigna de la baignoire, piqué au vif, en claudiquant et en battant l'air de sa queue, laissant le Père No à ses nouvelles occupations : les mondanités maritimes.

4

Ils discutaient depuis plusieurs heures, sans se soucier du temps qui s'écoulait, ni de la marée qui montait. C'était déjà le milieu de l'après-midi, et le Père No assis sur le rebord bleu céleste surplombait Marinella marinant dans ses algues. De temps en temps, elle secouait sa magnifique nageoire d'écailles vert argenté, comme un éventail de danseuse andalouse. Elle était vraiment très belle, dans les mille reflets du soleil, et le Père No paraissait complètement hypnotisé, captivé, bercé comme l'était la baignoire, qui remontait petit à petit la plage, au rythme des vagues.

Matou suivait la scène du coin de l'œil, d'aussi loin qu'il le pouvait. Il ne voulait rien entendre de leur babillage. Il feignait l'indifférence, mais en vérité il était mort de jalousie. Il détestait partager. Jusqu'à aujourd'hui, il n'avait jamais eu à le faire véritablement, car le Père No ne parlait qu'à lui et à personne d'autre. Par moments, le rire cristallin et hors du commun de Marinella venait lui chatouiller le tympan, et ça l'exaspérait. Il ne saisissait pas ce que le Père No pouvait trouver à cette grosse sardine, qui n'était même pas bonne à manger et qui restait coincée au fond d'une baignoire sertie de raisins dorés, échouée au beau milieu de la plage de Riva Bella. Franchement, il ne comprenait pas…

Matou aimait l'ordre et les choses établies, il trouvait insupportable qu'un vulgaire poisson puisse venir bouleverser ses habitudes et celles du Père No. Aujourd'hui, lendemain de tempête, la logique aurait voulu qu'ils aient passé la journée à ratisser la plage, à la recherche des mille trésors char-

riés par la mer. Au lieu de cela, son compagnon déversait des flots de paroles à une inconnue, oubliant de manger, de penser à lui, de chasser une bande de gamins venus lui barboter sous son propre nez une vieille lampe à pétrole et une rame de canot de sauvetage presque neuve. Décidément, tout allait de travers…

La nuit tombait lentement sur la falaise, accompagnée d'une multitude de gouttelettes microscopiques, qui humidifient en profondeur n'importe quelle étoffe, n'importe quelle fourrure…

Matou se roula au creux des capotes froides. Le ciel était maintenant complètement noir, et le petit croissant de lune qui n'était pas assez puissant pour éclairer la plage suffisait à faire briller les écailles ruisselantes de Marinella. Ni la petite pluie drue, ni la nuit, ne paraissaient inquiéter la sirène et le Père No, rien ne semblait pouvoir les atteindre. Ils parlaient et riaient sans cesse.

Matou frissonnait à cause du froid, et de la grande tristesse qui l'envahissait. Il aurait donné n'importe quoi, pour sentir sous ses pattes le râpé du pantalon en velours de son Père No. Ils ne s'étaient encore jamais réellement séparés, sauf peut-être une fois, quand il était tombé amoureux de la jolie petite chatte blanche du café du port, mais ça, ça ne comptait pas. Il aimait le Père No, il aimait ses grosses mains calleuses, sa mauvaise humeur, ses histoires à dormir debout et son odeur de vieux poisson. Il soupira et cacha son nez entre ses pattes. Il avait le cœur gros, il se sentait de nouveau abandonné, et les mauvais souvenirs refirent surface. Ça remontait à il y a quatre ans déjà, quand il n'était qu'un tout petit chaton gai et insouciant. Il se rappela la grande maison du haut de la falaise, du beau jardin d'été fleuri, des lits douillets, de l'écuelle toujours pleine et des enfants turbulents qui lui tiraient les poils. C'était la belle vie, jusqu'au jour où la porte et les volets se refermèrent pour ne plus jamais s'ouvrir. Il se retrouva seul sur le perron avec ses beaux souvenirs, à attendre patiemment le retour de ses maîtres. Et bien sûr, le temps passait sans qu'ils ne reviennent. Il dépérissait à vue d'œil, on ne lui avait pas appris à chasser, tout ce qu'il était capable de faire c'était miauler devant un réfrigérateur. Au bout de plusieurs jours de cette attente interminable, le charmant petit chaton était devenu une espèce de squelette recouvert d'une fourrure sale et piquée. Il ne pouvait plus marcher, ses pattes molles ne réussissaient plus à soutenir ce tas d'os informe. Il allait mourir parce qu'on ne lui avait pas laissé le temps d'apprendre la vie. Un rat profita de son mauvais état pour lui manger l'oreille gauche. Si ce jour-là, le Père No n'était pas venu faire le tour des poubelles de l'avenue, s'il n'avait pas entendu cet étrange cri de douleur, aujourd'hui Matou serait mort, rongé par le rat et par la cruauté de ses maîtres, aussi il ne serait pas là ce soir, à crever de jalousie face à une sirène qui scintille sous un quart de lune.

JOUR UN…

5

Le soleil était déjà très haut dans le ciel, quand Matou se réveilla, et au premier coup d'œil il vit que la mer était redescendue sans avoir emporté la baignoire. Il s'étira, de tout son long, du bout de la queue à son unique oreille, en grimaçant. Son dos lui faisait mal, il était couvert des ecchymoses du vol plané de la veille.

Le Père No n'était pas venu le rejoindre, il le voyait au loin couché sur la plage comme un pantin désarticulé. Soudain, le rythme de son cœur s'accéléra, puis s'emballa, il ne voyait plus dépasser l'immonde nageoire poisseuse de cette satanée sardine. Elle s'était miraculeusement volatilisée. Il était fou de joie, enfin il allait récupérer son maître pour lui tout seul, il oublia son mal de dos et ses rancœurs, et galopa du plus vite qu'il put jusqu'à lui.

Sa tête hirsute reposait à même le sable et chacune de ses expirations, orchestrées par un formidable ronflement, creusait devant ses narines deux petites tranchées parfaitement parallèles. Il dormait en chien de fusil, les genoux remontés vers le menton, une de ses mains était restée agrippée au rebord de la baignoire. Matou le contemplait amoureusement. Toute la nuit il avait fait des vœux de chat pour ne pas le perdre et surtout pour que la sirène disparaisse, le plus beau c'est que ses souhaits avaient été exaucés. Il voulait que ce moment dure indéfiniment, alors sans bruit il sauta sur le rebord de la baignoire, pour veiller sur le sommeil de son Père No adoré, tel un ange gardien. À peine était-il installé, qu'une forme oblongue s'agita dans le fond trouble. La surprise était si grande qu'elle lui fit perdre l'équilibre. Il avait beau tordre sa queue dans tous les sens comme un gouvernail, il se sentait inexorablement aspiré par le bas. Il essaya, en désespoir de cause, de planter ses griffes dans l'émail qui crissa d'une manière épouvantable, enfin il échoua au beau milieu de la baignoire.

— Quoi encore ce chat veut-il ? dit Marinella d'une voix pointue, en faisant prendre à Matou sa deuxième leçon de vol plané…

Le Père No se réveilla en sursaut, les yeux cernés par une nuit trop courte. Il regarda son chat voler qui battait furieusement l'air de ses pattes, tout en pensant qu'il n'avait rien d'un ange.

— Matou, où étais-tu passé vieux ? Je m'inquiétais !

Le chat le rejoignit, trempé et en marchant sur trois pattes, grommelant dans ses moustaches que le Père No ne manquait vraiment pas d'air : dire qu'il s'inquiétait alors qu'il ne l'avait même pas appelé une seule fois de toute la nuit, c'était un peu fort de café.

— Allez, mon Matou, viens là. Viens vite, que je te raconte cette nuit, tu vas pas en croire ton oreille ? Regarde, elle n'est plus une sirène !

Il soulevait Matou à deux mains, comme on porte un trophée sur le podium de la victoire. Marinella était assise au fond de la baignoire, absorbée par la découverte de ses doigts de pied, qu'elle touchait un à un. Quand elle découvrit qu'elle pouvait les remuer, elle poussa un petit cri et regarda le Père No.

— Bougés ils ont, vous voyez ?

Il lui sourit béatement, gonflé d'admiration, tout comme un père devant les premiers pas de son enfant. Matou lâcha un petit rire sardonique, il venait enfin de trouver un sens à l'expression bête comme ses pieds.

— Tu as vu, elle n'a plus de nageoire, dit-il en reposant le chat à terre. Elle est belle, hein, dis tu trouves pas ?

Belle, c'était difficile à dire. C'est vrai qu'elle avait un faciès et un torse à faire pâlir une figure de proue, mais ses jambes… On avait l'impression qu'on les avait taillées grossièrement à coup de couteau dans sa queue de poisson. Elles étaient vertes et pleines d'écailles, et se terminaient en deux pieds palmés gigantesques.

— Et ce n'est pas tout, tiens-toi bien, elle va rester quatre jours avec nous. Elle veut que je lui fasse découvrir le monde des hommes, dit-il fièrement.

Le chat le regarda, avec ses yeux tout ronds. Il hoqueta une première fois, puis deux, puis trois, et enfin il roula sur le sable secoué par de violents spasmes. La gueule largement ouverte, il pensait très fort, trop fort : « Arrête, Père No, tu vas me faire mourir de rire, elle ne t'a pas choisi toi, pour lui faire connaître le monde des hommes. Ce n'est pas possible. Non mais, dites-moi que je rêve, le roi des clodos va faire visiter à la reine des sardines le monde des hommes. Tu vas lui faire faire le tour des décharges ? Lui apprendre à ne pas se faire mordre par les chiens qu'on lâche sur toi dès qu'on te voit trop près d'une maison ?... Non Père No, ce n'est pas raisonnable, même moi je suis sûr que je le connais mieux que toi, le monde des hommes... »

— Je vois bien que tu te marres Matou de malheur, tu crois que je ne serai pas à la hauteur. Mais je vais te dire, chat de gouttière, je n'ai pas toujours été clodo...

Matou stoppa net.

6

Marinella passa ses interminables jambes vertes et argentées par-dessus le rebord de la baignoire. Ni l'homme, ni le chat, n'osaient prononcer une parole. Puis elle posa frileusement ses grands pieds palmés sur le sable, comme on trempe délicatement ses orteils dans une eau glacée. Enfin, elle prit appui sur ses deux bras et souleva ses fesses.

— Regardez, debout je suis !

Elle ressemblait à un jeune veau, avec ses jambes arquées qui tremblaient sous le poids de son corps. Ses bras cherchaient désespérément à accrocher l'air pour maintenir la pose. Avant que le Père No n'ait eu le temps de la rattraper, elle s'écroula lourdement sur le sol, comme une poupée de chiffon. Elle éclata en sanglots.

— Nulle je suis, jamais je n'y arriverai, trop dur c'est, jamais je n'aurais dû venir, dit-elle, en jetant une poignée de sable sur ses membres inutiles.

Le Père No et Matou se regardèrent, l'air désolé, ils étaient bien ennuyés, jamais ils n'avaient eu de sirène à consoler. Le Père No s'accroupit et passa son bras autour des épaules de Marinella.

— Ce n'est rien, ce n'est pas grave de tomber, ça arrive aux meilleurs d'entre nous... C'est même normal, vous n'avez jamais eu de jambes... (Il ne savait vraiment pas quoi faire, ni dire pour sécher ses larmes.) Vous savez, même pour moi ça n'a pas été facile, il m'a fallu près de quinze mois pour apprendre à marcher, et encore au début j'étais le plus souvent à quatre pattes, tenez exactement comme Matou, dit-il en souriant.

Le chat le regarda d'un air méprisant.

— Nulle je suis, s'obstinait-elle à répéter.

Matou pensait qu'elle ne croyait pas si bien dire.

— Mais non vous êtes impatiente tout simplement, il ne faut pas croire que vous allez d'un coup vous mettre à danser la polka. Il faut y aller progressivement et commencer par vous reposer un peu, après je vous aiderai à faire quelques pas et je suis sûr que vous y arriverez. Et puis, je vous jure que vous n'êtes pas nulle, regardez-moi, je ne sais même pas nager.

— Vous vivez sans nager savoir ? demanda-t-elle en reniflant bruyamment.

— Sur la terre, il n'est pas indispensable de savoir nager pour vivre, répondit-il en riant, soulagé de ne plus la voir pleurer.

— Oh, je apprendrai vous, vous verrez simple c'est.

— C'est trop tard, je suis trop vieux, dit-il, visiblement agacé par cette proposition. Et puis de toute façon, vous n'êtes pas là pour m'apprendre à nager. Passez votre bras autour de mon cou, je vais vous porter jusqu'au rocher, vous y serez à l'abri et vous pourrez dormir tranquille.

Il la souleva en cachant sa peine, elle n'était pas si légère cette sirène. Il traversa lentement la plage, suivi par Matou qui pestait contre cette sardine à pattes qui ne savait même pas marcher.

Il l'installa du mieux qu'il put au creux des capotes, et la recouvrit d'une vieille couverture sans couleur.

— Reprenez des forces, vous en aurez besoin tout à l'heure, dit-il en la bordant comme une enfant. En attendant, je vais m'occuper de vendre la baignoire, ça nous permettra de manger quelque chose et de trouver de quoi vous habiller.

— Habiller ? interrogea Marinella.

Le Père No sourit.

— Dans cette tenue, sur terre, vous n'iriez pas loin.

— Il faut m'habiller marcher pour ! s'exclama-t-elle.

— Ce n'est pas vraiment ça, mais ici on ne peut pas vivre tout nu et c'est presque dommage, ça simplifierait pas mal de choses. Mais vous comprendrez plus tard, quand je vous emmènerai en ville.

— Ah, fit-elle sans comprendre.

— Il faut que je file maintenant, faites de beaux rêves. À tout à l'heure, dit-il, en s'éloignant, le chat toujours accroché à ses talons.

7

— Alors Matou, tu boudes ? T'es jaloux d'une sardine ? Ça m'étonne de toi, moi qui croyais que t'aimais personne… surtout pas moi.

Le Père No s'adressait à son chat, tout en vidant la baignoire. Puis il l'attacha solidement avec un bout et la traîna péniblement vers le chemin qui mène en haut de la falaise.

— Tu sais… dans un sens… ho hisse… je te comprends… moi aussi… (Il fit une première pause), moi aussi, je n'aimerais pas… que tu me délaisses… ho hisse… pour une belle chatte à poil long… (Il s'arrêta.)

Je n'en peux plus… elle pèse au moins une tonne cette marmite, on pourra dire qu'on ne les aura pas volés ces cent francs, hein ? dit-il en passant une main sur le dos de Matou qui s'installa sur le rebord de la baignoire en le regardant avec ses grands yeux remplis de tendresse.

— Allez, c'est reparti, et le Père No s'arc-bouta de tout son poids sur la corde. Ho hisse…

Le chat, juché fièrement sur la baignoire, se laissait traîner comme un prince sur son char d'apparat.

— C'est tout ce que t'as trouvé pour m'aider ? Descends de là fainéant et en vitesse… Ho hisse…

Matou sauta à terre, vexé.

Arrivé au pied de la falaise, le Père No chercha un moyen pour faire grimper ce monstre de fonte au sommet. Suant sang et eau, il réussit non sans mal à hisser et à amarrer son fardeau sur un caddie de supermarché échoué d'on ne sait où. Alors commença la laborieuse et périlleuse ascension du chemin des Douaniers. Il avait chaud et soif. Les roues couinaient lamentablement sur les

gravillons. À mi-pente, il cala sa remorque de fortune par deux grosses pierres et il s'effondra sur un muret, d'où s'échappa une armée de petits lézards vert-jaune.

Son visage était rouge et ruisselant, gonflé par l'effort.

— Ce n'est plus de mon âge... Je n'y arriverai pas, c'est pas possible, dit-il en haletant et en regardant d'un air désespéré le chemin qui lui restait à parcourir.

Il ferma les yeux et respira profondément, peu à peu son teint retrouvait une couleur normale.

— Viens là, mon Matou, fit-il, en tapant ses mains sur ses genoux. Tu dois penser que je t'abandonne. (Le chat gronda en signe d'acquiescement.) Je ne suis vraiment pas un maître modèle, encore que ça, c'était convenu entre nous, il n'y a ni dieu ni maître. Mais tu te rends compte ? une sirène qui débarque sur notre plage. Moi qui croyais qu'elles n'avaient jamais existé que dans l'esprit de Christophe Colomb[1]. J'ai l'impression de rêver, d'être devenu à moitié dingo à force de vivre en ta compagnie sur ce banc de sable. Qu'est-ce que tu en penses toi ? interrogea-t-il, en lui gratouillant son unique oreille.

Matou feula.

— Oui, je sais bien que tu ne l'aimes pas. Mais quand même, je ne pouvais pas la laisser toute seule découvrir le monde des hommes, tu sais comment ils sont ? Ils en auraient fait un animal de foire, un produit

1. Quand Christophe Colomb revint d'Amérique il nota très sérieusement sur son livre de bord qu'il avait aperçu des sirènes.

de marketing et elle n'aurait jamais pu regagner son univers marin. Faut que tu saches, hier c'était son anniversaire, elle vient d'avoir cent ans… (Le chat planta ses griffes dans les cuisses du Père No.) Aïe, tu ne me crois pas, mais c'est vrai, c'est elle qui me l'a dit. C'est même pour ça qu'elle est là aujourd'hui, c'est comme une espèce de cadeau, ce passage sur terre. Tous les cent ans, si elles le désirent, les sirènes peuvent passer cent heures hors de l'eau, mais rien qu'une fois dans leur vie et une vie de sirène c'est quatre cents ans. Ça paraît incroyable, non ?

Matou ronronnait ou rigolait, c'était difficile à dire. Le Père No, n'y prêta aucune attention, il avait besoin avant tout de raconter cette histoire démente, ça le soulageait, il avait l'impression d'être moins fou. Il continua son récit :

— Tu sais, il faudra faire gaffe, Marinella ne devra surtout pas séjourner une heure de plus que le temps qui lui est autorisé, sinon…

Le Père No s'interrompit de nouveau, il venait de croiser le regard moqueur de son chat, il hésita, puis reprit :

— Sinon elle ne pourrait plus jamais être en contact avec de l'eau salée, au risque d'être transformée en étoile de mer, et alors, dit-il en surveillant les réactions du chat du coin de l'œil, elle aurait toutes les chances de finir en décoration sur un plateau de fruits de mer servi à un couple de touristes belges. Dis, tu t'imagines, Marinella sur une montagne de glace pilée, entre une huître et trois bigorneaux ?

Matou éclata d'un rire de chat inquiétant, entre celui de la mouette et de la hyène. C'était trop, le Père No débloquait complètement. Jamais il ne l'avait entendu raconter des bobards pareils, même les jours où il était ivre mort, cette sirène lui faisait décidément tourner la tête. Des histoires dans le genre, il en avait entendu des tas quand il était chaton d'appartement, ça servait à endormir les enfants, il y avait des princes qui se transformaient en crapauds ou le contraire, il ne se souvenait plus très bien, c'était loin, mais en tout cas, ce dont il était certain, c'est que ça n'existait pas.

— Tu es trop bête Matou, je ne vois pas pourquoi tu le prends comme ça.

Franchement c'est pas plus débile d'avoir une conversation avec une sirène qui veut connaître la terre, que de parler avec un chat qui fait la morale et qui se prend en plus pour le centre du monde. Ça m'est égal, dit-il en le posant à terre, moi j'y crois à son histoire, et grâce à moi elle aura un magnifique cadeau d'anniversaire.

Et il reprit sa folle ascension, poussant et traînant la lourde baignoire trois pieds bleu céleste vers le monde de ceux qui vivent en haut.

8

Polo le ferrailleur avait installé son petit commerce en bordure du quartier Riva Bella, et tous les riverains s'en plaignaient. Il faut dire que les installations de Polo n'avaient rien du paysage balnéaire tel qu'on se l'imagine. Sur un terrain grand comme deux mouchoirs de poche, il avait sédentarisé une vieille caravane qui lui servait de maison. Elle avait été peinte et repeinte, une bonne dizaine de fois, avec des fonds de pots de peinture toujours différents, si bien qu'on avait l'impression d'une immense couverture en patchwork jetée sur le toit. Devant ce qu'il appelait son château, il avait planté un salon de jardin fait de bric et de broc et un parasol Orangina. Il avait soigneusement délimité son petit domaine, par une barrière de bouteilles de verre enfoncées dans le sol la tête en bas, dans lesquelles on se prenait immanquablement les pieds quand l'herbe était trop haute.

Un peu plus loin, il y avait son atelier, un énorme hangar en tôle à moitié dévoré par la rouille, qui cachait avec peine un fatras de cadavres métalliques, allant de la simple casserole sans queue à des véhicules de toutes sortes et des machines en tous genres. Polo passait ses journées à désosser, décortiquer, trier, récupérer tout ce qui pouvait ressembler à du métal. Le reste, il le brûlait dans un haut fourneau de sa fabrication, qui crachait une espèce de fumée noire et nauséabonde.

Il ne comptait plus les pétitions déposées contre lui à la mairie, qui le dénonçaient comme un sinistre pollueur et un fléau pour l'environnement. Il s'en défendait en se proclamant au contraire d'utilité publique, puisqu'il recyclait des tas de matériaux dont plus personne ne voulait. Il criait haut et fort que s'il n'était pas là, toutes les plages des environs seraient jonchées de carcasses de voitures, de moteurs de réfrigérateur et de tambours de machine à laver. Le maire faisait la sourde oreille. Il refusait de rentrer dans cette polémique qui durait depuis des années, car d'une certaine manière il donnait raison au ferrailleur, et surtout il ne voulait pas se retrouver à la tête d'une montagne d'ordures dont il ne saurait pas quoi faire.

Polo ne posait jamais de question sur la provenance de la marchandise, de toute façon il connaissait les sources du Père No, mais quand il vit la baignoire il ne put s'empêcher de siffler d'admiration et de lui demander :

— Eh bien, mon vieux, t'as touché le gros lot, mais où t'as été pêcher un truc pareil ?

— Ben, tu sais bien, dit le Père No en haussant les épaules, sur la plage, comme d'habitude.

— C'est pas de la marchandise pour moi ça. Va voir Crésus l'antiquaire, il saura combien que ça vaut, dit-il en tournant autour de la baignoire.

— Je ne l'aime pas.

— De toute façon, t'aimes personne. Mais c'est crétin, moi je peux te l'acheter qu'au poids ton baquet, tu y perdrais.
— Ça m'est égal, donne-moi ce que tu veux, je n'irai jamais voir Crésus.

Le ferrailleur était ennuyé, il aimait bien le Père No et ça lui plaisait pas de lui acheter sa découverte au prix de la fonte.
— Écoute, j'ai une idée, aujourd'hui je t'achète ta baignoire au kilo et je veux bien raser mon hangar si je trouve pas un touriste à qui la vendre avant la fin du mois. Je te prendrai trente pour cent sur la vente, le reste ce sera pour toi, moins les cinq cents balles que je te donne maintenant. Ça te va ?
— Cinq cents francs ! s'écria le Père No. Tu es bien sûr de toi ? C'est quand même qu'une vieille chose pour se laver le derrière. T'entends ça Matou ? Cinq cents francs !

Le chat l'écoutait à peine, bien trop occupé à évaluer la solidité de la chaîne retenant un énorme molosse, qui ne cessait pas de lui hurler dessus tout en bavant et en découvrant les crocs. Il priait les dieux Matous pour qu'elle ne rompît pas, en tous les cas pas tout de suite.

— Tope là, Polo, dit le Père No, en lui tendant la main, un peu que je suis d'accord pour te la vendre à ce prix-là.
— On va fêter ça au château, allez viens, je t'offre un Pernod, Père No, et il éclata d'un rire satisfait.
— D'accord, mais vite fait, faut que j'aille en ville, j'ai un tas de courses à faire maintenant.

9

Après avoir refusé un dernier verre pour la route, au grand étonnement de Polo, le Père No prit congé et fila au dépôt des compagnons d'Emmaüs, suivi de Matou ravi de quitter enfin cet abruti de chien.

C'était un ancien garage à bateaux, qui se trouvait à l'entrée de la ville de T… Le bâtiment était tout en pierre du pays, que les compagnons restauraient petit à petit, avec les moyens du bord. Dans la pièce réservée à l'habillement, le Père No tomba en arrêt devant une magnifique robe à grosses fleurs roses et rouges. Mais il se rappela les horribles écailles qui recouvraient les mollets de Marinella et il porta son choix sur un jean à longues jambes. Après avoir tourné et retourné une montagne de vêtements, il finit par mettre la main sur un pull marin à rayures rouges et crème, un vieux caban, deux bonnes paires de chaussettes, deux tee-shirts, une paire de tennis géantes et un bonnet rouge en laine. Il en profita pour se choisir un gros pull torsadé et un nouveau pantalon en velours.

Les bras chargés, il se rendit dans le coin bibliothèque. Il aimait les livres, les vieux surtout, ceux qui portent une histoire en plus de celle qu'ils racontent. À chaque fois qu'il venait là, il prenait un bain de typographies, de pages jaunies, de couvertures avachies, il aimait leur odeur et celle de la poussière. Il remarqua un tout petit livre, bleu et or, coincé entre une encyclopédie de médecine et un code Dalloz[1]. C'était *La Petite Ondine*, le conte d'Andersen, dans sa première édition. L'histoire était largement illustrée par des gravures recolorées sans

1. Code juridique.

doute par un enfant, on y voyait une sirène qui rêvait de devenir un être humain, pour épouser un prince. Le Père No parcourait le livre en souriant, il pensait à sa sirène qui était bien différente.

— Je vous l'offre, si vous l'aimez...

Il sursauta, il n'avait pas entendu arriver le responsable des lieux, un petit homme effacé, qui chaussait sur son nez une paire de lunettes en écaille et qui souriait tout le temps.

— J'ai de l'argent, répondit le Père No, un peu sèchement.

— J'aimerais quand même vous l'offrir, dit le petit homme en se raclant la gorge, et puis je tenais à vous rappeler que ma proposition tenait toujours. Vous me seriez vraiment utile ici, vous avez vu cette bibliothèque, c'est un vrai foutoir. La plupart des compagnons savent à peine lire et écrire, vous me seriez d'un grand secours. Et puis, pensez à l'hiver qui approche, vous n'êtes plus tout jeune, vous finirez par mourir de froid sur cette plage.

— Vous connaissez ma réponse, c'est non. Je ne veux personne sur mon dos, je veux rester libre. Je n'aime personne.

— Un jour vous changerez peut-être d'avis, j'attendrai, dit le responsable en souriant.

— Vous perdez votre temps, répliqua le Père No avec impatience.

— Pas sûr, il n'y a que les imbéciles qui ne changent pas d'avis…

— Alors je dois être le roi des imbéciles, dit le Père No, en s'éloignant.

— Ça doit être ça, renchérit le petit homme sur un ton goguenard. N'oubliez pas quand même de préciser à la caisse que ce livre est à mettre sur mon compte.

Le Père No régla la note des vêtements avec celle du livre, puis il courut vers le centre ville, un gros paquet sous un bras et Matou sous l'autre.

10

Quand le Père No passa la porte vitrée de la supérette, un vigile lui emboîta aussitôt le pas. Il l'ignora. Il savait que son allure de clochard faisait de lui le suspect idéal : le parfait voleur à l'étalage. Il prit un caddie et y déposa Matou et son précieux baluchon. Le chat adorait ces promenades roulantes, il se couchait sur la grille, laissait pendre ses pattes entre les barreaux et feignait d'attraper les raies de lumière qui couraient sur le sol.

Le Père No était toujours fort impressionné par ces magasins, qui étalaient vulgairement ces tonnes de nourriture sur des kilomètres de rayonnages. Il se demandait comment les gens pouvaient avoir besoin d'autant de choses. Il trouvait injuste que cette caverne d'Ali Baba ne soit pas ouverte à tous ceux qui avaient faim.

Il errait dans les rayons, en s'interrogeant sur ce que pouvait aimer manger une sirène : des petits poissons, des légumes ? des fruits ?... c'était vraiment difficile. Sûrement pas aussi simple que de choisir huit grosses boîtes de pâtée pour chat au rayon animaux, avec un Matou surexcité dans son caddie. Le Père No attrapa au hasard quelques conserves de fruits au sirop, de légumes et de corned beef, il choisit un bon camembert et une bouteille de champagne pour fêter l'heureux événement. Sans trouver ce qui pourrait réellement faire plaisir à Marinella, il finit par jeter une bonne dizaine de boîtes de sardines à l'huile dans son chariot et le poussa vers la caisse, toujours flanqué du grand vigile au blaser bleu marine.

Un marmonnement d'indignation remonta la file d'attente, mais suffisamment fort pour qu'il entende : « Si, c'est pas mal-

heureux de voir ça. », « Mais que fait le vigile ? », « Maman, y sent pas bon le monsieur »… On le montrait du regard et du doigt, on se moquait, on cancanait. Chacun pariait qu'il n'aurait pas les moyens de payer. Ils étaient tous montés contre lui, parce qu'il ne leur ressemblait pas et qu'il n'avait aucune excuse : il n'était ni un animal, ni un enfant, mais un vieux sale et alcoolique. Le Père No les regardait d'un air amusé, il les détestait, il les trouvait mesquins et veules. Plus son tour approchait, plus l'excitation des clients grandissait. Dans cette petite ville où il ne se passait jamais rien, la moindre scène prenait des proportions extraordinaires, chacun était impatient d'être le témoin. On anticipait : un clochard arrêté au supermarché de T… pour tentative de vol et insulte à un représentant de l'ordre…

Le Père No, sous des regards d'acier, déposa consciencieusement un à un ses articles sur le tapis roulant. Toutes les paires d'yeux convergèrent alors vers le vigile et posèrent la même question : la caissière devait-elle jouer le jeu du clochard et enregistrer ses articles ? Le colosse au veston marine opina de la tête. Il y eut un petit murmure d'étonnement, puis plus personne ne prononça une parole, on n'entendait que les « bips » des codes à barres qui passaient devant le lecteur.

— Ça fait trois cent vingt et un francs et soixante centimes, dit la caissière, en rompant le lourd silence, sans prendre la peine de s'adresser à l'intéressé, mais directement au vigile qui s'apprêtait à rentrer en scène.

Le Père No lui vola ce plaisir.

— Tenez, voilà quatre cents francs. Voulez-vous un franc soixante, madame ? dit-il, un sourire narquois au bord des lèvres.

Un brouhaha s'éleva du groupe des clients : « Ce n'est pas possible, il aura volé cet argent », « C'est sûr », dit une dame en s'accrochant à son sac à main. Ils semblaient tous un peu déçus, ils auraient préféré une fin plus spectaculaire, plus injuste...

Le Père No quitta le magasin chargé comme un baudet, sans que personne n'y prêtât aucune attention, il était déjà oublié, tout était de nouveau rentré dans l'ordre.

— Tu vois Matou, je crois que les hommes sont parfois des animaux stupides.

Le chat haussa les épaules, il n'était pas d'accord, les animaux n'étaient pas stupides, c'était les hommes qui les rendaient ainsi.

11

— Marinella, réveillez-vous, dit le Père No, en murmurant au creux de l'oreille de la sirène. Allez, levez-vous, j'ai un tas de bonnes surprises pour vous, disait-il en lui secouant doucement l'épaule.

Elle lui sourit en clignant des yeux.

— Merci, Sidi.

— Sidi ?

Marinella se redressa et s'enroula dans la couverture, elle ressemblait à une espèce de chef indien.

— Sidi est bien votre nom ?

Le Père No éclata de rire.

— Non, ce n'est pas mon nom. Je l'ai inventé hier, parce que je ne savais pas quoi vous répondre, j'étais trop impressionné par votre apparition pour me souvenir de quoi que ce soit.

— Quel votre nom est, alors ? demanda-t-elle en riant à son tour.

— Je m'appelle… il hésita un court instant, cela faisait si longtemps qu'il n'avait pas prononcé son nom. Mon vrai nom est Baptiste, Baptiste Pujol, mais ici on m'appelle le Père No.

— Drôle c'est, nous aussi changeons souvent nos noms en bas, plus gai c'est, vous ne trouvez pas ?

— Si bien sûr, mais quels étaient vos autres prénoms ? interrogea le Père No, remarquant que Marinella maîtrisait de mieux en mieux le langage des hommes.

— Oh ! Des tas : Numilla, Sirallia, Corallia et Marinella.

Le clocher de l'église de T… sonna sept coups.

— Ils sont tous vraiment très jolis. Mais, vous devez mourir de faim, s'inquiéta tout à coup le Père No.

— Très faim j'ai !

— Habillez-vous, dit-il en lui passant le ballot de linge, pendant ce temps je vais vous préparer un dîner digne d'une princesse.

Il commença par troquer son vieux pantalon en velours contre le nouveau, puis il passa un coup de peigne laborieux dans ses longs cheveux gris et sales. Il voulait à tout prix que cette première soirée en compagnie de Marinella ait un air de fête. Le ciel s'obscurcissait, et le Père No alluma un feu à côté d'un rocher plat comme une galette de sarrasin, sur lequel il dressa une table disparate. Il n'avait pas pris la peine de soigner la présentation et n'avait pas préparé de repas depuis des années. Le plus souvent, il mangeait à même les boîtes de conserve et il trouvait cette petite mise en scène plutôt agréable. Il nourrit Matou qui mourait d'impatience et qui se livrait à une sorte de danse frénétique en se frottant sur le bas de son pantalon, manquant de le faire tomber toutes les deux minutes. Puis il prit la bouteille de champagne et appela.

— Vous êtes prête ? On peut faire sauter le bouchon ?

Marinella sortit de la cavité d'un pas presque assuré, mais vêtue comme jamais le Père No ne l'avait imaginé : elle avait enfilé son caban devant derrière, elle portait ses deux paires de chaussettes par-dessus ses tennis et ses deux tee-shirts par-dessus son pull… seul le bonnet rouge était à la bonne place.

— Mais, ça y est vous marchez, c'est formidable, vous voyez que j'avais raison, il suffisait que vous vous reposiez. Il sourit. Par contre, il faudrait que je vous apprenne à vous habiller, vous manquez vraiment de technique.

— Je n'ai eu besoin jamais de porter de vêtements avant, s'excusa-t-elle. Plus tard on s'en occupera, d'accord ? Trop faim j'ai maintenant.

Le Père No lui servit un verre de champagne, et leva son verre.

— À votre séjour sur terre !

Elle trempa ses lèvres dans le verre et but une première gorgée prudemment.

— Qu'est-ce que c'est ? Rigolo c'est, c'est bon mais ça picote un peu.
— C'est le vin qui rend gai, celui des grandes occasions…

Marinella poussa un petit cri en découvrant le feu de camp.
— Que c'est beau, dit-elle en approchant sa main des flammes. Aïe, mais ça mord !
— Mais non ça brûle, c'est le feu, un des quatre éléments qui composent notre planète. Sans lui il n'y aurait pas de vie.
— Ce n'est pas vrai, notre univers n'est composé que de trois éléments : l'eau, l'air et la terre. Je n'ai jamais parler entendu de votre feu.
— C'est vrai qu'au fond de l'eau, vous pouvez difficilement faire griller des harengs, mais c'est pourtant un des éléments essentiels… Mais ce ne sont pas trois malheureux bouts de bois enflammés qui vont nous empêcher de manger ! dit-il gaiement, en lui tendant une boîte de sardines à l'huile.

Elle fit une drôle de moue.
— Vous mangez des cadavres sardines ? Vous mangez mes sœurs ? dit-elle, en le regardant les yeux pleins de colère.

Le Père No devint rouge de honte. Il avait comparé Marinella aux baleines, aux dauphins... il avait cru qu'elle se gavait toute la journée de petits poissons. Il ne pouvait pas deviner que les sardines étaient ses amies, il essaya d'imaginer sa propre réaction si on lui apportait du pâté de Matou...

— Excusez-moi, je me suis trompé, balbutia-t-il, c'est la boîte du chat. Et il la déposa devant l'animal qui n'y toucha pas, son ventre ballonné était déjà sur le point d'exploser.

Marinella lança un regard suspicieux au Père No, mais elle accepta volontiers de goûter au camembert et aux fruits au sirop qu'elle trouva délicieux, presque meilleurs que la bouillie d'algues.

La nuit était belle et les sardines en conserve furent vite oubliées, ils parlèrent tard, en compagnie de Matou qui se laissait caresser paresseusement par la sirène. Ils regardaient tous les trois les étincelles se mêler aux étoiles, ils étaient en parfaite harmonie ou tout simplement heureux.

JOUR DEUX…

12

Le Père No se réveilla comme un lendemain de tempête, c'est-à-dire tôt et de bonne humeur. Il fit un brin de toilette et prépara le petit déjeuner.

Matou et Marinella dormaient toujours, le chat lové dans les bras de la sirène. Il les réveilla à regret, mais il fallait bien qu'elle profite de ses heures sur terre.

— C'est prêt, cria-t-il en tapant une cuillère contre un bol. Debout, c'est l'heure.

Matou bondit hors des bras tièdes de sa sardine, il avait reconnu le bruit familier d'autrefois, celui qui annonçait le bol de lait du matin. Marinella s'enfonça sous la couverture et grogna.

— C'est trop tôt, et puis j'ai la tête lourde, très lourde.

— C'est rien, c'est le champagne. Mais levez-vous, je croyais que vous brûliez d'envie d'aller visiter la ville aujourd'hui.

Marinella se redressa d'un coup.

— Quand ? tout de suite ? interrogea-t-elle avec enthousiasme.

— Oui, juste après le petit déjeuner et quand je vous aurai aidée à vous habiller correctement.

Le ventre plein et endimanchés, le trio gravit joyeusement le chemin qui mène en haut de la falaise.

Arrivés au sommet, le visage de Marinella s'assombrit et un voile de terreur voila son regard. Elle attrapa le bras du Père No, en fixant la mer.

— J'ai peur, dit-elle complètement affolée. Jamais je ne me suis autant éloignée.

— Vous n'avez rien à craindre, dit-il de sa voix la plus chaude et la plus rassurante. Je suis là.

— Vous ne pouvez pas comprendre, c'est ma mer ! J'ai l'impression de venir au monde une seconde fois, c'est comme si je quittais de nouveau le ventre de ma mère et c'est très douloureux. Je me sens perdue, abandonnée, je ne suis pas dans mon élément ici, rien ne me retient sur cette terre, dit-elle avec un air désolé.

Il ôta son bras de l'emprise de Marinella.

— Personne ne vous a obligée à venir. Qu'est-ce que vous voulez au juste ? Qui suis-je pour vous ? demanda-t-il avec un accent de rage dans la voix.

Marinella ne répondit pas.

— Ne dites rien, je sais trop bien. Je suis là pour tout ce qui est matériel, la nourriture, les vêtements, et je ne sais quoi encore, sans moi votre passage sur terre serait plus difficile. Vous pensez que je ne peux pas comprendre ce que vous ressentez, moi le pauvre être humain, vous pensez avoir le monopole des sentiments au fond de votre puits ?

La colère du Père No grandissait et Marinella n'osait pas l'interrompre.

— Vous êtes déjà comme ceux d'en haut, vous vous croyez supérieure. Je pensais que vous étiez différente, je me suis trompé, vous apprenez trop vite. Regardez-vous, vous devenez complètement humaine : vous marchez parfaitement et vous avez perdu votre langage maladroit. Demain vous apprendrez à parler russe, à faire de la cuisine espagnole et vous serez championne de gymnastique acrobatique. Et moi, dans tout ça ? Ah ! il commence bien votre séjour…

Il donna un coup de pied hargneux dans un gros caillou.

Marinella était très ennuyée, elle n'avait pas voulu le blesser.

— Je suis désolée, dit-elle en lui prenant la main, je ne voulais pas, je ne savais pas. On m'avait dit que les hommes avaient une pierre à la place du cœur.

— Pas tous, Marinella, pas tous, dit-il en ramassant Matou qu'il posa sur son épaule. Bon assez bavardé, le soleil brille, alors profitons de cette belle journée pour visiter la ville, vous en rêviez, non ? Il fit une pause. Et n'ayez crainte, je vous promets que je ne vous lâcherai pas la main.

— Remercie vous je beaucoup, répondit-elle, en lui faisant un clin d'œil.

13

— Alors, ces gros cubes blancs sont des maisons et les petits qui roulent de toutes les couleurs sont des voitures, c'est ça ? questionna Marinella.

— C'est bien ça, les maisons abritent les hommes et les voitures les déplacent, répondit le Père No.

— Pourquoi n'avez-vous pas de cube ?

— Quel genre de cube ?

— Une maison.

— J'en ai eu une, mais il y a bien longtemps. J'en n'ai plus les moyens maintenant et puis ça me donnerait l'impression de vivre dans une prison. Il me faut de l'espace, moins il y a de cloisons mieux je me porte, j'aime la liberté.

— Prison, qu'est-ce que c'est ?

— Ça ressemble aux casiers qui traînent au fond de la mer et qui capturent les crabes, mais en beaucoup plus grand, enfin à peine de quoi y faire tenir un homme ou deux. Vous voyez ?

— Très bien, répondit Marinella, c'est comme un cube avec des barreaux. Mais à quoi ça sert ?

Le Père No commençait à être fatigué par la multitude de questions qu'elle pouvait poser. Il était difficile de fournir des réponses simples et appropriées à toutes ses interrogations.

— Je pense que c'est une invention de l'homme. Nous avons des lois, des codes et quand quelqu'un les transgresse on le met dans une prison pour le punir. Ça existe pour tous ceux qui ne respectent pas autrui ou qui ne respectent pas la vie en société.

— Alors, pourquoi vous n'êtes pas en prison ?

Le Père No rit.

— Mais je n'ai commis aucun crime. Je n'aime pas vivre en société, mais je ne suis pas un danger pour elle. Je respecte ses lois, je ne vole pas, je ne tue pas, je ne mendie pas, je ne fais que vivre dehors.

— Je veux visiter un cube.

— Une prison ?

— Mais non, une maison. Je veux voir à quoi ça ressemble à l'intérieur.

— Ça ne va pas être facile, je ne connais plus un seul propriétaire de cube. On verra plus tard, continuons de visiter la ville.

Il reprirent leur marche, comme de simples touristes.

— Vous savez pour les prisons, dit Marinella, ça n'existe pas chez nous. Nous avons aussi des lois, comme ne pas voler les perles des huîtres ou ne jamais abandonner une sœur en difficulté, mais personne n'aurait l'idée de ne pas les appliquer. Vous comprenez pourquoi ?

— Non je ne sais pas, peut-être parce que votre territoire est plus vaste, l'eau représente les trois quarts de la planète, vous y êtes moins les uns sur les autres, vous devez vous sentir plus libres. C'est peut-être pour cette raison.

— Moi non plus je ne sais pas, je voulais juste avoir votre avis d'homme.

— C'est peut-être aussi parce que vous avez une meilleure nature que la nôtre, finit par dire le Père No, l'air songeur.

14

— C'est fantastique, ne cessait de répéter Marinella, tout ce monde, toutes ces voitures.

— Il ne faut rien exagérer, c'est une toute petite ville, vous verriez Paris, c'est grand, c'est magnifique. Il y a des gens et des voitures par millions, ça grouille de partout, c'est pire qu'un banc de maquereaux. Il y a des maisons grandes comme la moitié de la plage et une tour de métal plus haute que la falaise. Il y a aussi un fleuve, sur lequel passent des péniches. Et la nuit, vous verriez la nuit, c'est beau, tout est éclairé, il y a la musique, les cafés, les théâtres, le cinéma… Ça ne s'arrête jamais. Ici quand vous vous promenez le soir, vous vous croyez dans une ville fantôme…

— Allons à Paris, dit-elle en l'interrompant. Je veux tout connaître.

— Ce n'est pas possible, c'est trop loin, il faudrait beaucoup d'argent et je n'en ai pas assez.

— Mais, c'est quoi l'argent ?

C'était vraiment épuisant de vivre avec quelqu'un qui voulait tout savoir, voir et connaître en quatre jours. Le Père No lui répondit par un drôle de ton aigre.

— L'argent, c'est l'argent, ça sert à acheter un tas de trucs inutiles. Je suis sûr que de toute façon ça n'existe pas chez vous, alors ça serait trop long à vous expliquer.

Marinella lui rétorqua qu'elles avaient un système monétaire parfaitement développé au fond de l'eau, à base de coquillages et de métaux précieux. Ainsi, elles pouvaient acheter auprès des sirènes nomades des engrais rares ramenés des mers lointaines et chaudes, très utiles pour accélérer la pousse des laminaires dont elles se nourrissaient. Aussi, elle lui fit remarquer sèchement qu'à son tour, il devait être sur la bonne voie pour rejoindre le monde des hommes, puisqu'il la considérait comme un être inférieur qui ne comprenait jamais rien. Il rit. Ce qui était formidable, c'est qu'entre eux le ton montait aussi facilement que le calme revenait et ils continuèrent leur déambulation dans les rues de T… en plaisantant comme deux vieux amis.

Le Père No redécouvrait la ville au fur et à mesure que Marinella la découvrait. Il ne la trouvait plus si laide, même plutôt jolie avec ses façades blanches et ses volets peints de couleurs vives. Les gens aussi lui semblaient différents, plus ouverts, plus sympathiques, il s'étonnait de les voir répondre avec gentillesse à toutes les questions que Marinella posait sur son passage. Il se demandait ce qui avait changé le plus : lui ou les habitants de T…

La fin de la journée approchait et ils prirent le chemin du retour à petits pas, ils étaient fourbus, lessivés. Matou, qui au début de l'excursion fanfaronnait en sautillant six mètres devant, traînait maintenant lamentablement.

Arrivés sur la plage, ils se laissèrent tomber sur le sable.

— Avant de vivre ici, tout seul, vous viviez dans une maison à Paris ? demanda Marinella en regardant une mouette fendre le ciel.

— Comment vous savez ça ? s'étonna-t-il en se levant pour préparer le dîner.

— Je ne sais pas, je devine, parce que vous en parliez avec votre cœur.

Il soupira.

— C'est vrai, avant je vivais à Paris, j'y tenais une petite librairie, dit le Père No, en ouvrant une boîte de petits pois.

— Une quoi ?

Le Père No s'en voulut d'avoir de nouveau prononcé un mot qui n'existait pas au fond de l'eau

— Je vendais des livres, attendez, ne bougez pas, je vais vous montrer. Il chercha le conte d'Andersen. Voilà, ça c'est un livre, dit-il en caressant la couverture de sa main, j'en avais des milliers dans mon magasin.

Marinella attrapa le livre et tourna les pages avec attention.

— Qu'est-ce que c'est que ça ? Comme c'est drôle, c'est donc ainsi que vous nous imaginez, s'exclama-t-elle en montrant du doigt une sirène aux cheveux bleus, avec deux coquilles saint-Jacques en guise de soutien-gorge. Mais ça fait des siècles que ça n'est plus comme cela. C'est amusant de voir comment les êtres humains peuvent imaginer notre monde.

— Et vous, c'est comme ça que vous imaginiez le nôtre ?... Si vous voulez, après manger, je vous lirai l'histoire.

Ils rirent beaucoup, à la lecture du conte, Marinella jouait avec humour la petite ondine naïve et effarouchée. Mais plus sérieusement, elle lui parla de la société des sirènes, où tout se partageait, et des lois que personne ne violait. Elle relata comment elles occupaient leurs quatre cents longues années à cultiver les fonds marins, à retourner le sable, à semer et à récolter les précieuses algues qu'elles devaient protéger contre des attaques de nuées de crevettes roses qui dévoraient tout sur leur passage.

Elle raconta pourquoi elles ne chantaient plus comme autrefois, du temps où elles faisaient tourner la tête aux marins en pleine mer. Elle expliqua que cette technique de chant était très compliquée et nécessitait énormément de travail et de patience. Aujourd'hui, les jeunes sirènes préféraient faire des percussions plus amusantes sur de gros coquillages, aussi il ne restait que quelques rares grands-mères capables de faire vibrer leurs cordes vocales avec magie.

Pour lui, elle fredonna un doux chant dans une langue inconnue et les notes finales s'évanouirent dans la nuit en même temps que les dernières braises.

JOUR TROIS…

15

Dans un demi-sommeil, à la frontière du rêve et de la réalité, Matou sentit une main douce et légère lui caresser l'échine. Il s'étira de tout son long et roula sur le côté pour se retrouver museau à nez avec Marinella.

— Chut ! fit-elle en lui collant un doigt sur son petit nez rose. Vous avez bien dormi, monsieur le chat ? lui murmura-t-elle dans son unique oreille.

Matou lui sourit béatement, Marinella le projetait encore dans son passé de chat d'appartement, quand sa maîtresse le câlinait et le chouchoutait, un frisson de plaisir souleva son pelage.

— Dites-moi Matou, vous connaissez les secrets de votre maître ? Pourquoi reste-t-il sur cette plage, comme s'il attendait quelqu'un, quelque chose ? Pourquoi a-t-il quitté les hommes ?

Avant que le chat n'ait pu répondre du regard ou émettre un son, le Père No gronda sourdement.

— Je ne suis pas le maître de Matou, et il ne sait rien de moi, personne ne sait rien. (Il s'éclaircit la voix.) De toute façon, cela ne vous regarde pas, vous n'êtes pas venue jusqu'ici pour connaître les secrets d'un clodo, ce qui vous intéresse c'est le monde des hommes, alors ne vous occupez pas de moi. C'est clair ? finit-il par dire sur un ton sec.

— Vous êtes de mauvaise humeur ? interrogea la sirène.

— Non, mais j'ai horreur que l'on parle du passé, ce qui a été a été, il n'y a pas à revenir dessus. Je déteste les souvenirs.

— Alors, vous m'oublierez ? s'inquiéta Marinella.

— Vous ? dit-il en se levant, vous ne serez jamais un souvenir. Vous êtes un rêve, et un beau rêve ça ne s'oublie pas.

— Je ne suis pas d'accord, on ne peut pas construire sa vie sur des rêves, le passé c'est important. C'est comme une barrière de corail, elle est belle quand elle est vieille, quand on a laissé tous ses petits squelettes se souder les uns aux autres, les nouveaux contre les anciens. C'est grâce à ça qu'elle est forte, mais si au contraire on passait son temps à lui arracher toutes les ramifications que l'on trouverait moches ou sans intérêt, jamais elle ne deviendrait une barrière, elle resterait un espèce de petit buisson tout rabougri, auquel personne ne prêterait attention. (Elle fit une petite pause.) Moi, je me sens comme elle, je garde au fond de moi chaque petit fragment du passé, ils m'aident à vieillir, ils me tiennent compagnie. Quand on a quatre cents ans à vivre au fond des abysses, il faut se fabriquer une solide barrière, si on ne veut pas mourir d'ennui.

Elle le fixait dans les yeux.

— Ne me regardez pas comme ça, il ne me reste pas trois cent cinquante ans à vivre, et ma barrière est cassée depuis longtemps, dit le Père No sèchement, pour mettre un terme à cette conversation. Levez-vous, c'est jour de marché à T..., vous pourrez y voir un tas d'hommes solides, comme vous aimeriez que je sois. (Il chercha à se radoucir.) Et puis vous verrez un marché, c'est très amusant, et en plus c'est très beau en cette saison, je suis sûr que ça vous plaira.

Marinella sentit que ce n'était pas le moment de lui demander ce qu'était un marché.

— Allez, il faut qu'on se dépêche, les marchés ne sont pas éternels eux. Toi Matou, tu restes là mon vieux, j'ai assez d'une sirène à surveiller, je ne veux pas risquer de te perdre.

Le chat était à la fois flatté et offensé, mais il trouvait l'argument du Père No stupide, il ne voyait vraiment pas comment il pouvait se perdre dans une ville qu'il connaissait sur le bout des griffes.

16

Marinella pleurait comme une Madeleine, assise au beau milieu d'un tas de cageots de choux-fleurs et d'artichauts. Entre deux larmes, elle répétait sans cesse comme un disque rayé :

— Ce n'est pas vrai, dites-moi que je suis en train de faire un mauvais rêve. Les hommes sont des monstres.

Le Père No ne savait pas quoi lui répondre, il était embarrassé, un attroupement de badauds commençait à se former autour d'eux.

— Mais comment pouvez-vous être aussi barbares ? Jamais je n'ai vu quelque chose d'aussi horrible de toute ma vie. Tous ces cadavres de poissons, c'est terrible, disait Marinella hors d'elle.

— Oh, ça va comme ça, vous n'allez pas me faire croire qu'il n'y a que des saints au fond de l'eau. Il y a une quantité de poissons qui se nourrissent d'autres poissons, prenez les requins, les baleines, les bars et je ne sais quoi encore.

Marinella le regarda d'un air furibond.

— Mais, ça n'a rien à voir, c'est pour se nourrir, vous le dites vous-même…

— Que croyez-vous que nous en fassions, des objets de décoration, peut-être ? Nous aussi nous les mangeons…

— Vous n'allez pas me faire croire que vous allez manger tous ceux que j'ai vus sur ces horribles étalages.

— Ceux qu'on ne mangera pas aujourd'hui, seront mis dans des frigos et seront mangés demain, répliqua le Père No.

— Mais combien en pêcherez-vous encore demain ? Et puis cette façon que vous avez de les mutiler, de les exhiber sans tête, c'est

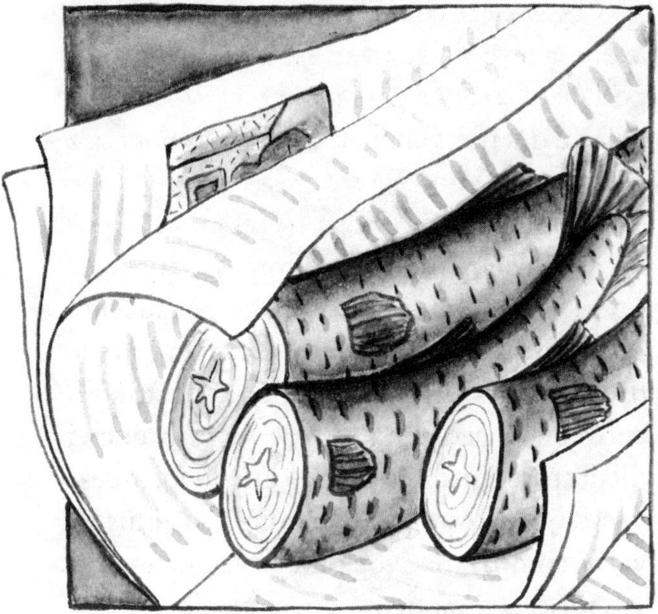

complètement ignoble, vous n'avez pas le droit, les poissons sont mes amis, se mit-elle à crier.

Le petit groupe de curieux ne comprenait pas grand-chose à toute cette histoire, ils prenaient Marinella pour une douce folle et son côté « défense des morues » les amusait. A contrario, le Père No commençait à être excédé par cette situation, il la prit par le bras et le lui serra.

— Cessez cette comédie, vous saviez très bien avant de venir sur terre que les hommes pêchaient, cela ne date pas d'hier. Vous aviez déjà vu des filets au fond de la mer, vous étiez au courant. Vous vous sentez chargée d'une mission, c'est ça ? Vous n'êtes pas là pour découvrir le monde des hommes, mais pour le changer ? Eh bien ne comptez pas sur moi pour vous aider, je ne veux pas d'un monde dirigé par des sardines hystériques. Continuez votre quête seule, essayez de les convaincre, dit-il en désignant le groupe interloqué, allez-y, moi je ne reste pas une minute de plus en votre compagnie, vous me faites peur avec vos idées de grandeur et de pouvoir.

Et il tourna les talons.

Un murmure parcourut l'assemblée, elle avait apprécié la distraction et elle commençait à se disperser à la recherche d'un nouveau spectacle.

Marinella se leva précipitamment et se fraya un passage.

— Baptiste, attendez-moi, je vous en prie, lui criait-elle, en le rattrapant par la manche. Vous n'avez rien compris, je ne suis pas là pour changer votre monde, dit-elle, tout essoufflée.

Je me suis emportée tout à l'heure, je savais que vous pêchiez, mais je n'étais pas prête à voir tout ce déballage... Comprenez-moi, ce n'est pas facile. S'il vous plaît, pardonnez-moi.

— Alors, nous ne sommes plus des criminels ? interrogea le Père No en dégageant sa manche.

— Ce n'est pas ce que je voulais dire, nous ne sommes pas responsables de quelque chose qui existe depuis des siècles, les hommes ont toujours pêché le poisson pour le manger et, bien sûr, ils continueront. Nous ne pouvons rien y changer, je le sais parfaitement, mais le plus important, c'est quand même que nous restions amis.

— Je suis votre ami ? s'étonna-t-il.

— Évidemment, lui répondit Marinella.

— Au même titre que les poissons ?

— Plus encore.

— Je ne sais pas trop si ça me fait plaisir, bougonna le Père No.

— Oh, mais si, les amis ça énerve, dit-elle en riant, un jour on les aime, un autre on les déteste, mais ça fait chaud au cœur, ça fait rire, ça fait pleurer et à force on ne peut plus s'en passer.

17

Le Père No décida que la découverte du monde des hommes était terminée pour aujourd'hui et il proposa un déjeuner sur la plage.

Ils quittèrent la ville en empruntant la route du ferrailleur. Polo leur fit signe, depuis sa montagne de carcasses de voitures.

— Hé ! Père No, viens voir un peu par ici, criait-il en faisant de grands gestes avec ses bras.

Le Père No lui répondit d'un mouvement de la main qu'il n'avait pas le temps. Il était exténué, les histoires de la matinée l'avaient achevé, il ne désirait plus qu'une chose, c'était s'allonger sur la plage et attendre patiemment le départ de Marinella, sans faire de nouvelles vagues.

— Mais viens, insista Polo, j'ai vendu ta bassine !

Le Père No s'adressa à Marinella en soupirant.

— Allez venez, vous allez découvrir une nouvelle espèce d'homme.

Polo dévala sa montagne avec l'agilité d'un bouquetin, il était noir de graisse et de cambouis, il s'essuya le visage d'un revers de manche et tendit son poignet à Marinella,

— Madame, mes hommages, dit-il respectueusement, puis il se tourna vers le Père No en ajoutant : Dis, tu m'avais caché ça, vieux cochon !

— Oh ça va, je te présente Marinella, c'est une amie qui vient de loin.

— T'as des amies toi maintenant ? c'est nouveau, fit-il, l'air moqueur.

— Maintenant que les présentations sont faites, parle-nous de la baignoire, je voudrais rentrer, je suis crevé, dit le Père No en soupirant.

— Voilà ce que c'est de traîner avec des gens qui ne sont plus de ton âge, t'as plus vingt ans, tu devrais faire attention. Bon, pour ta baignoire, tu ne devineras jamais combien je l'ai refourguée. Une aubaine, c'est moi qui te le dis ! Alors, dis un prix.

— Je ne sais pas moi, mille francs.

— Tu n'y es pas du tout, tu peux tripler, je l'ai vendu trois mille balles à un Parigot ce matin, il disait qu'il avait jamais fait une affaire pareille, tu parles.

— Trois mille francs, répéta le Père No, soudain plus fatigué du tout.

— Une belle somme, hein ! Bon, moins mes trente pour cent et les cinq cents balles que je t'avais avancés, te voilà à la tête de... il fit un rapide calcul à l'aide de ses doigts noirs... mille six cents balles. Qu'est-ce que tu vas faire de tout ce pognon, dis ?

Le Père No regarda Marinella.

— Je crois que je vais nous payer un voyage à Paris.

Elle l'embrassa sur la joue et le remercia mille fois.

— Ça va les amoureux ? interrogea Polo, en faisant une œillade au Père No.

— Ce que tu peux être bête, mon pauvre Polo, Marinella est vraiment une amie.

— Te fâche pas, c'était pour plaisanter, rien qu'en vous regardant tu pourrais être son grand-père.

Marinella éclata de rire, elle pensait qu'elle était presque deux fois plus vieille que le Père No.

— Qu'est-ce que j'ai dit de drôle ? s'inquiéta Polo.

— Rien, se précipita de répondre le Père No, puis il lui glissa au creux de l'oreille : Elle est jolie, mais un peu simple, fais pas attention à tout ce qu'elle peut dire.

— C'est une toquée ?

— Un peu, si tu veux.

— Tu me rassures, je me disais bien que pour être ton amie, il fallait bien avoir une case en moins. Nul n'est parfait, dit-il en crachant un jet de salive pile dans un vieux bidon. Bon, faut fêter ça, je vous offre l'apéro.

— Merci, mais on va filer, dit le Père No qui se méfiait du comportement de la sirène.

— Tu fais des manières maintenant, tu refuses un verre, c'est pas toi qui serais dérangé de la tête par hasard ?

Avant qu'il n'ait eu le temps de répondre, Marinella accepta l'invitation de Polo.

— Allez devant, je me passe un coup de jet sur le nez et je suis à vous. Vas-y, montre-lui le château, dit-il en les poussant vers la caravane.

Le Père No attrapa Marinella par le bras.

— C'est malin d'avoir accepté cet apéro.

— C'est quoi un apéro ?

— Mais ce n'est pas vrai, il y a au moins quatre milliards d'hommes sur cette terre, et c'est moi qu'elle choisit, qu'ai-je fait pour mériter une sardine aussi ignorante ? (Il soupira.) Un apéro c'est de l'alcool, que l'on boit entre amis avant un repas.

— Oh, comme le champagne qui fait des bulles dans la tête.

— Si on veut, mais l'apéro de Polo il flanquerait plutôt des cailloux dans le cerveau. Mais le plus important c'est que vous fassiez attention à ce que vous dites, Polo est une véritable concierge, je ne tiens pas à ce que tout le pays soit au courant de votre présence ici.

— Pourquoi ?

— Ne faites pas l'idiote, personne ne croirait ce que vous êtes, vous finiriez enfermée dans un asile.
— J'ignore ce qu'est un asile, mais je ferai attention, je vous le promets, ne vous inquiétez pas, dit Marinella, en lui faisant un clin d'œil.

18

— Rentrez les enfants, ne restez pas sur le paillasson comme deux andouilles, dit Polo en ouvrant la porte et en s'effaçant pour laisser le passage à Marinella. Bienvenue dans la modeste demeure d'un vieux célibataire.
— Vous allez adorer, lui chuchota le Père No, c'est plein de souvenirs et puis c'est presque comme une maison.

Cette caravane était vraiment incroyable, elle était pleine à craquer d'objets et de bibelots en tout genre, il y avait tout juste la place de tenir à trois. Toute la vie de Polo s'inscrivait dans un incroyable amoncellement de reliques. Les murs étaient recouverts de cartes postales reçues des quatre coins du monde, de photographies, de gravures de bateaux et d'aquarelles de paysages marins. Il y avait tant d'images que l'on ne distinguait plus le moindre petit bout de la paroi d'origine. Tous les styles se mélangeaient, tout semblait avoir été posé dans l'ordre d'arrivée, là où la place l'avait permis. Derrière la table recouverte d'une toile cirée représentant une scène de chasse à courre, il y avait une étagère sur laquelle s'entassaient pêle-mêle une poupée folklorique grecque, un sabre indien, une boule de neige représentant Montmartre, un vase à l'air vaguement chinois et une quantité d'autres choses. Marinella était subjuguée.

— Alors ? il vous plaît mon petit chez moi ? dit Polo, en sortant d'un placard trois verres et une bouteille brune.

Marinella fit oui de la tête, elle ne trouvait aucun mot à la hauteur de ce qu'elle ressentait, elle trouvait ça « plus que » formidable.

— Et c'est comme ça chez tous les hommes ? finit-elle par demander.

— Oh non, seulement chez les personnes de bon goût, lui répondit le Père No goguenard.

— Moque-toi, c'est la jalousie qui te fait parler, dit Polo en servant un liquide brunâtre dans les verres.

Marinella restait en arrêt devant la photo d'une femme un peu ronde, sur laquelle on avait dessiné un cœur brisé au stylo à bille.

— C'était ma femme, elle est partie avec un touriste, je le plains, j'ai jamais connu une râleuse pareille, tu te souviens Père No ? demanda Polo, en lui tendant un verre, puis sans attendre la réponse il reprit : On a eu deux fils ensemble, Yann et Yves. Ils sont tous les deux marins, dans la marine marchande, et j'en suis fier, ce sont eux qui m'envoient toutes ces cartes postales, dommage qu'ils ne soient pas plus souvent à terre pour venir voir leur vieux père. Bon, on va pas se laisser aller à la mélancolie, trinquons ! dit-il en levant son verre, à la santé de la baignoire trois pieds.

— C'est fort, qu'est-ce que c'est ? dit Marinella en toussant.

— Ça c'est un secret de ma fabrication, mais vous en faites pas, il n'y a que des bonnes choses dedans. (Il tendit l'oreille.) Tiens, on sonne treize heures au clocher de T… c'est l'heure du journal.

Il alluma un vieux poste de télévision noir et blanc, dont l'image était complètement aplatie.

— Oh, un cube qui parle ! s'exclama Marinella.

Polo regarda le Père No.

— T'avais raison, elle est un peu maboule.

— Je t'avais prévenu.

Ils entamèrent tous les deux une conversation sur les dernières pétitions contre les activités de Polo, sans plus se soucier ni du journal télévisé, ni de Marinella qui buvait les images et les paroles du présentateur aussi goulûment qu'elle ingurgitait son verre. Il n'était jamais vide, à chaque fois qu'elle le posait, Polo le remplissait, si bien qu'à la fin des informations, elle était plus pâle que l'intérieur d'une palourde.

— Ça ne va pas ? s'inquiéta le Père No.

— Je ne sais pas, j'ai froid, je ne sens plus mes jambes, ma tête tourne et j'ai mal au cœur.

Polo rit.

— C'est rien, vous avez bu un coup de trop.

— Ah, dit-elle en s'affalant sur la table.

— Tu parles que c'est rien, elle est complètement ivre, je ne vois pas ce qu'il y a de drôle, dit le Père No en colère.

— T'énerve pas, y'a pas mort d'homme. On n'a qu'à la mettre sur mon lit ta protégée, elle va piquer un petit roupillon, et tu verras qu'elle repartira comme en quarante, elle a pas l'air fragile. Et puis t'avais qu'à faire attention si tu savais qu'elle ne savait pas boire.

— Je ne le savais pas, tu n'avais qu'à ne pas la resservir tout le temps, répondit le Père No irrité, toi et ton foutu tord-boyaux.

Polo haussa les épaules.

Ils transportèrent délicatement Marinella sur le lit recouvert d'une couverture en fausse fourrure rouge, où elle s'endormit aussitôt.

19

Marinella se réveilla avec de drôles de sensations, sa langue lui paraissait plus grosse et amère, elle sentait comme du sable sous ses paupières et ses muscles semblaient être devenus mous. Un rayon de soleil traversa de part en part la caravane, soulevant une nuée de petites particules argentées. Elle était seule. Elle entendait au loin le ferrailleur qui cognait sur sa ferraille et ça lui donnait l'impression qu'il tapait directement sur son crâne. Elle se leva avec peine et sortit prendre une bouffée d'air frais. Elle respirait à pleins poumons quand Polo arriva.

— Alors, ça va mieux ?
— J'ai mal à la tête.
— Bougez pas, je vais vous donner de l'aspirine, dit-il en rentrant dans la caravane.
— Où est Baptiste ?
— Il est parti à la gare, acheter vos billets pour demain.

Polo réapparut sur le seuil, un verre d'eau à la main.

— Ça fait bien dix ans que je n'avais pas entendu quelqu'un l'appeler par son nom. Tenez avalez ça, dit-il en lui tendant deux petites pastilles blanches. Vous le connaissez depuis longtemps ?
— Des heures, dit Marinella en faisant la grimace en avalant les cachets.
— Je vois, moi je le connais depuis des années.
— Alors, vous connaissez sa librairie ?
— Non, moi je ne suis jamais allé à Paris, mais lui, en revanche venait passer toutes ses vacances à Riva Bella. Jusqu'à l'accident…
— Quel accident ? demanda Marinella, oubliant son mal de tête.
— Il ne vous en a jamais parlé ?

— Non.

— C'est à cause de ça qu'il vit sur la plage depuis plus de quinze ans. Il attend...

— Qu'est ce qu'il attend ?

— Flora, enfin, je suppose.

— Flora ?

— Attendez je vais vous la montrer.

Il se leva et ramena une photo tout écornée.

— Regardez, là c'est nous quatre quand on était jeunes. Là c'est le Père No, il était beau, hein vous ne trouvez pas ? Là c'est moi avec ma femme Gaëlle. Et là, la petite rousse, c'est Flora, sa bonne amie. On se marrait bien dans ce temps-là, vous auriez vu les soirées qu'on passait, on ne s'ennuyait jamais.

— Mais que s'est-il passé ?

— Flora s'est noyée, elle a glissé bêtement d'un rocher et une lame de fond l'a emportée. Le Père No n'a rien pu faire, tout est allé si vite et en plus il ne sait pas nager. Alors depuis, il attend je ne sais quoi sur cette satanée plage, peut-être bien que la marée la ramène ou qu'elle l'emmène...

Le Père No applaudit, Marinella et Polo sursautèrent, ils s'étaient laissé surprendre par son arrivée silencieuse.

— Tu fais l'espion maintenant ? Tu peux pas t'annoncer plutôt que de nous flanquer une trouille pareille ? lui lança Polo.

— Bravo, t'es vraiment un chef pour inventer des histoires, où est-ce que t'as été pêcher tout ça ? Tu devrais écrire, tu sais. Venez Marinella, oubliez tout ce que ce vieux fou a pu vous raconter, non seulement cet homme ne sait pas tenir sa langue mais en plus c'est le roi des bobards. Allons, grouillez-vous, s'impatienta-t-il, il faut rentrer, demain on se lève à l'aube, on va à Paris, vous n'avez pas déjà oublié ? Au revoir, vieux grigou et merci quand même, dit-il en s'éloignant et en traînant Marinella par la manche de son caban.

— Bon voyage, saluez Paname pour moi, leur cria Polo.

JOUR QUATRE…

20

« Le train 3225 à destination de Paris partira de la voie numéro quatre à 6 heures 42, veuillez vous éloigner de la bordure du quai. »

— Dépêchez-vous Marinella, on va rater notre train.

— Je sais, mais Matou refusait de rentrer dans le sac, dit-elle en le rejoignant tout essoufflée, serrant dans ses bras un étrange paquet de poils et de plastique.

— Pourquoi fallait-il tant emmener ce chat ?

— On allait quand même pas le laisser seul ? Qu'est-ce qu'il serait devenu sans nous ?

— Oh, il se serait très bien débrouillé, vous êtes trop sentimentale, ce n'est plus un chaton, grommela le Père No.

— Même, dit-elle en caressant la tête de Matou, ce n'est pas rigolo de rester tout seul.

Le train entra en gare, dans un énorme fracas de freins qui crissèrent et de wagons qui se tamponnèrent.

— C'est ce monstre de métal, que vous appelez un train ? On dirait le portrait craché du Nautilus ! cria Marinella.

— Quoi ? Vous connaissez le Nautilus, cria à son tour le Père No, en l'aidant à monter dans le train.

— Bien sûr, ma mère a même dîné avec son capitaine… Comment s'appelait-il déjà ? Né quelque chose…

— Le capitaine Némo ! coupa le Père No consterné.

— Oui, c'est bien ça, Némo. C'est amusant que vous le connaissiez parce que moi je ne l'ai jamais vu, je suis trop jeune, je ne connais que l'épave de son sous-marin dans laquelle je jouais à poisson caché quand j'étais petite.

— Ce n'est pas croyable… 28, 27, 26 A et 25 B, c'est ici, ce sont nos places… Je n'en reviens pas, j'étais persuadé que le capitaine Némo n'était qu'un héros de roman de Jules Verne. Vous êtes certaine que vous ne confondez pas avec un autre bâtiment, je ne sais pas moi, le Titanic, par exemple ?

— Comment pourrais-je inventer des choses que je ne connais pas ? dit-elle légèrement vexée.

— C'est ce qu'on appelle le mensonge.

— Alors, c'est que je ne sais pas mentir.

« Le train 3225, à destination de Paris va partir. Attention à la fermeture des portes. »

— Bon, et pour le Nautilus… Dites-moi tout, soufflait-il dévoré par la curiosité.

— Oh, on avance tout seul, regarde Matou, dit-elle sans se soucier de l'impatience du Père No.

— S'il vous plaît, Marinella, suppliait le Père No, racontez-moi.

— Quoi ? déjà ? dit-elle, feignant d'avoir oublié ce qu'il brûlait de savoir. Ah oui, le Nautilus. (Elle fit une pause.) Je vous raconterai si vous me racontez pourquoi vous vivez sur la plage, reprit-elle en le regardant avec malice.

Le Père No s'enfonça dans son fauteuil en maugréant.

— Je plaisantais, dit Marinella en lui donnant un petit coup de coude. Je n'étais alors qu'une jeune serine…

— Serine ?

— Oui, c'est comme ça qu'on s'appelle, avant que l'on ait atteint l'âge adulte vers quatre-vingts ans. Enfin bref, je jouais à poisson caché avec un poucamp…

— Un poucamp ?

— Un jeune hippocampe, mais cessez de m'interrompre tout le temps, c'est pénible.

— J'arrête, c'est promis, mais comprenez que votre monde m'est aussi étranger que le nôtre l'est pour vous.

Marinella fit signe qu'elle avait compris le message et reprit.

— Nous jouions à nous cacher, quand nous avons découvert le Nautilus loin derrière la roche de ma grand-mère. Une roche, c'est comme une espèce de maison pour vous, c'est un rocher où les vieilles sirènes se reposent quand elles n'ont plus la force de nager. Vous savez, ma grand-mère est très très âgée.

— Ça, je veux bien vous croire.

Marinella le regarda en fronçant les sourcils.

— Vous auriez vu ça, c'était fantastique. Il y avait mille choses, pas autant que chez Polo tout de même, mais les murs étaient tendus de tissus grenat malheureusement complètement délavés par le sel. Il y avait çà et là des cuivres à peine oxydés, des tableaux qui flottaient et des meubles gorgés d'eau. C'était vraiment magnifique, c'est là que j'ai trouvé la baignoire trois pieds.

— Je comprends que le touriste ait dit avoir fait une affaire en l'achetant trois mille francs, ça n'a pas de prix une baignoire comme celle-là, c'est une pièce de musée, marmonna le Père No.

Marinella continua son récit.

— Ma mère nous raconta que ce sous-marin, c'est comme ça que vous appelez un bateau qui va sous l'eau, non ?

Il acquiesça du regard.

— Bref, elle nous disait qu'il était là depuis très longtemps, bien avant ma naissance, qu'elle l'avait vu sombrer alors qu'elle-même n'était qu'une jeune serine. Elle n'avait pas pu s'empêcher de rentrer dans le bâtiment par un hublot, malgré les interdictions de ma grand-mère. Ma mère est très curieuse, j'ai de qui tenir. Enfin elle tomba nez à nez avec son capitaine qui s'était réfugié dans une poche d'oxygène, elle le trouva très séduisant et très distingué. Il l'invita à partager son repas avec des couverts en or, il paraît même qu'il y avait une boîte qui faisait de la musique. Et puis...

Marinella s'arrêta.

— Et puis quoi ? interrogea le Père No, captivé par ce récit féerique.

— Vous savez bien, les poches d'air ne tiennent pas indéfiniment sous la pression de l'eau. Et vous, les êtres humains, êtes incapables de vivre dans du liquide plus de quelques minutes. Alors, elle resta avec lui jusqu'à ce que la coque soit complètement submergée.

— Mais c'est tout, elle ne vous a rien raconté de plus intéressant, je ne sais pas moi, quelle avait été leur conversation ? Est-ce qu'elle savait pourquoi il avait construit ce sous-marin ?

— Je crois qu'il vous ressemblait un peu. Il cherchait à fuir le monde des hommes, il se trouvait incompris sur la terre. Ma mère ne m'a sûrement pas tout raconté, j'étais jeune et elle a le droit d'avoir ses petits secrets aussi.

— Est-ce qu'il reste quelque chose du Nautilus, aujourd'hui ?

— Il est toujours là, complètement rongé par la rouille, il a perdu tout son faste, ce n'est plus qu'un gros squelette roux. Je ne crois pas qu'il en restera quelque chose, quand j'aurai une serine à mon tour. Oh, on ralentit, qu'est-ce qui se passe ? s'inquiéta Marinella.

« Le Mans, Le Mans, une minute d'arrêt. »

— C'est rien, on s'arrête pour prendre et laisser des passagers.

— C'est encore loin Paris ?

— Non, encore une petite heure.

21

Le drôle de trio arriva au pied de la tour Montparnasse, en milieu de matinée. Le Père No était aussi ému que Marinella de fouler le sol de la capitale. Il n'y avait pas mis les pieds depuis dix-huit ans et la ville lui semblait bien étrange, plus folle et plus sale qu'auparavant, il n'était pas sûr de tout à fait la reconnaître.

Matou fonça dans un groupe de pigeons entassés sur une grille d'aération. Les volatiles affolés s'envolèrent dans un grand bruissement d'ailes, le chat les suivit du regard d'un air satisfait.

— Si on commençait par prendre un petit déjeuner, proposa le Père No à Marinella qui regardait la tour la bouche ouverte.

— On se sent minuscule, dit-elle dans un souffle.

— Je vous l'avais dit, c'est gigantesque, nous ne sommes plus que des fourmis dans une fourmilière.

Ils allèrent dans un petit bistrot, derrière le boulevard Raspail. Il était enfumé et il n'y avait plus une place pour poser un coude sur le zinc. Des hommes et des femmes avalaient leur café en cinq secondes, tout en parlant de microbits, de modem, d'Internet et de l'augmentation de la carte orange.

Marinella les regardait comme des extraterrestres, elle ne comprenait rien à leur langage, ni le Père No d'ailleurs.

— Qui sont-ils ? lui demanda-t-elle.

— Des gens qui travaillent dans les bureaux. On les reconnaît à leurs costumes sombres et à leur teint vitreux.

— Ah, fit Marinella, qui semblait d'un coup plus intéressée par le croissant qu'elle trempait dans son petit crème que par les explications du Père No.

Enfin rassasiés, ils se lancèrent à l'assaut de Paris. Marinella voulait tout visiter, voir dans les moindres détails ce dont le Père No lui avait parlé, les grands magasins, les musées, la tour de métal plus grande que la falaise, les jardins à la française, le fleuve, les cafés, etc. Ils descendirent les Champs-Élysées, Matou manqua de se faire écraser trois ou quatre fois, ils visitèrent une partie du musée du Louvre, là où on peut voir la statue de Poséidon, qui amusa beaucoup Marinella.

— Il ne ressemblait pas du tout à ça, il n'avait même pas de barbe.

Elle était infatigable, elle regardait et posait des questions sur tout. Ils montèrent au sommet de la tour Eiffel. Marinella fut sûrement la seule sirène qui y ait jamais posé les pieds et découvrit la ville.

— C'est vrai que c'est énorme, un véritable océan de maisons, je m'en serais voulu d'être partie sans avoir vu ça. Montrez-moi où vous habitiez.

Le Père No, scruta les toits de Paris en clignant des yeux, il avait du mal à s'orienter.

— Regardez, vous voyez ce grand bâtiment, c'est le Louvre, là ou nous étions tout à l'heure. Eh bien, c'est dans une petite rue pas très loin, dans le quartier du Palais-Royal.

— Allons-y !

— Il n'en est pas question.

— Oh, s'il vous plaît, supplia Marinella.

Le Père No ne résista pas longtemps aux supplications de la sirène. Lui aussi, au fond, brûlait d'envie de revoir sa librairie. Ils descendirent au métro Pyramides et marchèrent jusqu'au 53 de la rue Sainte-Anne. Le Père No ne reconnaissait rien, tous les petits commerces avaient été changés en magasins de vêtements dégriffés ou en snacks. Sa librairie non plus n'avait pas échappé à la métamorphose du quartier et avait été transformée en grill-room japonais.

Un sentiment de tristesse envahit le Père No.

— Voilà, c'était là « L'Humaine Comédie », dit-il la gorge nouée, en montrant une espèce de restaurant à la façade laquée noire et à l'intérieur aseptisé, couvert de carrelage blanc comme une cabine de douche. C'est là que j'ai passé ma vie. Vous voyez, il n'en reste pas grand-chose.

— Partons, fit Marinella, qui n'aimait pas voir souffrir le Père No, et elle l'entraîna le plus rapidement possible loin de cet odieux fast-food.

Le Père No paraissait plus vieux encore, son dos s'était voûté, ses yeux pâles fixaient le trottoir. Matou se frottait de toutes ses forces contre le bas de son pantalon, ce qui signifiait dans son langage : « Reprends-toi Père No, la vie continue, nous sommes là… »

— Il est déjà tard, il ne faudrait pas rater notre train, dit-il d'une voix sans timbre.

Marinella s'arrêta et le regarda droit dans les yeux.

— Je voudrais rester ce soir, j'aimerais connaître Paris la nuit.

— Mais vous savez bien que c'est impossible, vous m'aviez dit que si vous restiez, vous seriez tôt ou tard changée en étoile de mer, dit-il affolé, oubliant brusquement sa librairie.

— Ne vous inquiétez pas, il n'est pas nécessaire que je parte de là où je suis arrivée, je peux très bien repartir en suivant la Seine.

— Mais c'est très dangereux, il y a les écluses et les péniches.

— J'ai connu de pires dangers, faites-moi confiance, restons Baptiste, dit-elle, en souriant.

Le Père No réfléchit.

— Promettez-moi que c'est possible, qu'il ne vous arrivera rien, je ne voudrais pas être responsable de...

— Je vous le jure.

Le Père No, hésita un court instant et dit.

— C'est d'accord, cette nuit Paris sera à nous.

Marinella l'embrassa sur la joue pour la deuxième fois.

22

Le Père No emmena Marinella et Matou dîner dans un restaurant de la rue des Rosiers, en plein cœur du Marais. Ils commandèrent des falafels, des feuilles de vignes farcies au riz, des beignets de légumes et une bouteille de vin cacher. Le repas était gai et la sirène radieuse, le temps filait sans qu'ils ne s'en rendent compte. Ils sortirent repus et heureux.

La nuit était belle et douce, Marinella passa son bras par-dessus celui du Père No et l'entraîna au hasard des rues, des carrefours et des pâtés de maisons. Ils marchaient sans

but, sans parler, suivis de Matou qui trottinait. Ils débarquèrent sur le pont Louis-Philippe, un marionnettiste y montrait son numéro de chenilles amoureuses. Plus loin, un guitariste jouait avec trois doigts sur une guitare désaccordée, devant une assistance de jeunes Anglaises fascinées. À l'autre bout, un fakir sur sa planche à clous captivait Matou, tandis qu'un cracheur de feu impressionnait Marinella.

— Mais ça doit faire horriblement mal, dit-elle en se souvenant de la fois où elle s'était brûlée la main.

— Non pas du tout, il n'avale pas le feu, il crache un liquide inflammable dessus, il faut juste être habitué et faire attention, lui répondit le Père No.

Ce furent à peu près les seules paroles qu'ils échangèrent.

Un mime invita la sirène à danser, sur un air de valse imaginaire. Elle était terriblement jolie. Le Père No lui offrit une glace de chez Berthillon, à la vanille et au melon. Elle lui sourit.

Elle semblait rayonner de bonheur, tandis qu'au contraire le Père No se recroquevillait, s'assombrissait au fur et à mesure que les heures tournaient. Sa peine se voyait comme un bouton sur le nez, il n'y avait rien à faire, il ne pouvait pas la cacher.

Marinella feignait ne pas s'en apercevoir, elle dissimulait sa tristesse d'une tout autre manière en jouant et en dansant... Elle savait que leur séparation serait douloureuse et elle redoutait ce moment.

À minuit, la foule commença à se disperser par petits groupes. Marinella poussa le Père No vers un escalier qui conduisait sur les berges de la Seine. Matou les rattrapa au galop.

23

Ils étaient assis sur un banc de pierre, éclairé par un réverbère. Ils regardaient en silence l'eau qui glissait sous les ponts. Plus loin, un saxophoniste jouait ses dernières notes.

— C'est bientôt l'heure, dit Marinella en caressant Matou.

Le Père No ne répondit pas.

— Je voudrais vous remercier pour ces merveilleux moments. Vous êtes un homme formidable. Je ne vous oublierai jamais, vous serez mon plus beau souvenir.

— Ne partez pas, dit le Père No, la voix mal assurée. Restez, je vous protégerai contre les vagues, je veillerai à ce qu'elles ne vous emportent pas quand vous vous promènerez au bord de l'eau.

— Vous ne pourrez pas me protéger bien longtemps, répondit Marinella en repoussant des gravillons du bout de son pied. Et puis, qui me protégera quand vous ne serez plus là ? Il me reste des centaines d'années à vivre.

Il se tut.

— Ma place n'est pas ici, vous le savez bien, je suis une sirène, je suis faite pour nager au fond de l'eau.

— Alors, je vous suivrai, dit le Père No en prenant un air buté.

— Vous êtes fou, souvenez-vous du capitaine Némo, il n'a survécu que quelques minutes.

— Ça m'est égal, je préfère n'avoir plus que quelques minutes à vivre, mais avec vous.

— C'est stupide, vous ne pensez pas vraiment ce que vous dites. Vous êtes fait pour vivre avec les hommes. Vous les aimez dans le fond, j'en suis certaine, et eux aussi vous aiment, regardez Polo.

— Quoi Polo ?

— C'est votre ami, il vous aime à sa manière.

— Je ne veux pas avoir d'ami. On s'y attache, on les aime et puis tout d'un coup, ils disparaissent. C'est trop douloureux alors, d'aller se faire de nouveaux amis qui disparaîtront à leur tour. J'ai décidé d'être seul, plutôt que de me retrouver seul.

— Vous êtes pessimiste, vous calculez trop, laissez les choses se faire naturellement. Vous n'aviez sûrement jamais pensé devenir l'ami d'une sirène, pourtant nous le sommes devenus, sans que vous ne vous en rendiez compte. Ça ne fait pas si mal, au contraire, nous avons passé de bons moments ensemble.

— Mais vous partez comme les autres.

— Et alors ? Aujourd'hui je pars, mais ce n'est pas triste. Je peux rester un souvenir si vous consentez enfin à leur laisser un peu de place, comme ça je pourrai vous suivre jusqu'à T…, dit-elle en souriant.

— Je ne rentrerai pas à T…, pas sans vous, s'obstinait le Père No.

— Vous y retournerez, vous avez tant de choses à y faire.

— Mais, vous êtes complètement folle, il n'y a rien là bas, je n'ai rien à y faire du tout, à part retourner sur la plage et attendre que la vie passe au rythme des marées, dit-il avec colère.

— Parce que vous le voulez bien. Si vous vous décidiez enfin à partager, si vous cessiez d'être égoïste et de vous apitoyer sur votre sort...

— Je ne le supporterai pas.

— Quoi ?

— Vous voir partir, engloutie par les eaux, j'aurais l'impression de la perdre une seconde fois.

— Vous voulez parler de Flora ? demanda doucement Marinella.

— Oui, dit le Père No dans un soupir, Polo disait vrai.

— Arrêtez de culpabiliser, vous n'y êtes pour rien. C'est la loi de la vie, vous pêchez des poissons dans la mer et de temps en temps la mer vous prend des êtres humains.

Il se leva brusquement.

— Mais vous ne comprenez rien, Flora n'était pas une simple sardine, je l'aimais et elle est morte par ma faute.

— C'est ça la raison pour laquelle vous vivez sur cette plage ? C'est ça, le terrible secret qui vous hante depuis des années ? Réveillez-vous, vous êtes en complète contradiction avec vous-même. Vous affirmez qu'il ne faut pas s'encombrer du passé et vous le vivez au quotidien. Réagissez, chassez les mauvaises images, apprenez à ne garder que ce qui est bon. Profitez de chaque lever du soleil, pour commencer un nouveau chapitre, faites-vous des petits plaisirs chaque jour. Elle est belle votre terre, profitez-en, aimez-la.

— Mais, je n'y aime personne…

— Arrêtez avec ça, vous aimez Polo, Matou et puis vous m'aimez, non ?

Le Père No ne répondit pas.

— Moi je vous aime Baptiste, dit-elle en lui prenant la main, et je voudrais que vous retourniez à T…, je n'aimerais pas que vous restiez à Paris, vous y seriez malheureux, cette ville vous est devenue trop étrangère. Promettez-moi de ne plus jamais attendre personne sur cette plage, jurez-moi que vous allez enfin vous décider à revivre et que vous ne m'oublierez pas.

— Je vous le jure Marinella, à vous je jurerais n'importe quoi.

Le soleil commençait à se lever et les réverbères s'éteignaient.

— Il va falloir que je parte, dit Marinella en se levant et en déposant Matou sur les genoux du Père No. Vous ne voulez pas partir d'abord ? demanda-t-elle en commençant à se dévêtir.

— Non, je préfère voir mon plus merveilleux souvenir disparaître, dit le Père No en souriant.

— C'est bon de vous voir sourire, j'avais peur que l'on se quitte un peu fâchés.

— L'eau n'est pas trop sale, vous n'avez pas peur des maladies ?

— Ne vous en faites pas, il ne m'arrivera rien, dit-elle en rangeant ses affaires en tas sur le banc.

Elle était nue comme un ver, elle avait gardé sur sa tête le bonnet de laine rouge.

— Je peux le garder ? dit-elle, en le désignant.

— Bien sûr, mais à quoi vous servira-t-il ?

— À rien, c'est juste un souvenir.

Elle descendit au bord de l'eau et s'assit sur les marches, laissant tremper ses horribles et longilignes jambes d'écaille.

— Et moi ? demanda le Père No en rougissant.

— Et vous ?

— Vous ne me laissez rien en souvenir ?

— Mais, il vous reste tout, dit-elle malicieusement.

Le Père No prit un air embarrassé.

— Je veux dire, quelque chose comme le bonnet, un petit objet que je pourrais garder.

Marinella rit.

— Retournez à T..., je vous déposerai quelque chose sur la plage.

— C'est promis ?

— C'est juré craché.

Le Père No se pencha et reçut son troisième et dernier baiser de sirène. Marinella plongea et fila sans se retourner. Il suivit des yeux aussi longtemps qu'il put le petit bonnet rouge qui fendait l'eau, en serrant très fort tout contre lui son Matou qui ronronnait.

L'APRÈS…

24

Dans le train qui le ramenait à T…, le Père No ne cessa pas de penser à Marinella, il passait du rire aux larmes et il comprit combien elle tenait une grande place dans son cœur.

Sur le chemin qui conduisait à la plage, il fit un détour par les Emmaüs, et annonça au directeur qu'il acceptait de s'occuper de la bibliothèque, puis il passa annoncer la nouvelle à Polo.

Enfin, il retourna sur la plage. La mer descendait, par petits paliers d'écume.

L'homme et le chat faisaient un chemin d'empreintes sur le sable mouillé.

Plus loin, là où la mer n'est presque plus qu'une sombre ligne de métal sur l'horizon, il aperçut une forme brune et plate. Il s'y précipita et ramassa une vieille plaque de cuivre émoussée et verdie par l'oxydation. Il l'essuya d'un revers de sa manche, et lut en lettres gravées :

CABINE DU CAPITAINE NÉMO
LE NAUTILUS

Enfin, pour la première fois depuis longtemps, il recevait de la mer ce qu'il en espérait vraiment.

Il plaça ses mains en porte-voix et cria à pleins poumons.

— Marinella, je ne vous oublierai jamais !

TABLE DES MATIÈRES

Tu as aimé ce livre. Dans la même collection, tu peux retrouver en librairie d'autres histoires, qui racontent de drôles de rencontres, entre des personnages extra-terrestres venus sur Terre faire la connaissance des humains.

Objectif Terre

par Robert Boudet
Illustré par Christophe Montagut
et Jean Biret-Chaussat
Zanzibar N° 66

Nom : Klix. Profession : extraterrestre. Signe particulier : a cent ans mais ressemble à un bébé. Mission : observer la Terre sans se faire remarquer. Problèmes : déforme les mots, pique des colères, ne comprend rien aux habitudes de la Terre. Question : quel rapport y a-t-il entre un homme-singe, une lilliputienne, un géant cabossé, un barbu chasseur, un jeune forain, un clochard aimant le cassoulet et un extraterrestre dépassé par les événements ?

La pieuvre de Xeltar

par Robert Belfiore
Illustré par Jeanne Puchol
et Philippe-Henri Turin
Zanzibar N° 143

Le père, la mère, bébé Jules et Sophie, la jeune narratrice, sont bien tranquillement en train de regarder la télévision quand un bruit apocalyptique retentit dans le garage., accompagné d'une terrible odeur de marée. Tous se précipitent et découvrent la chose : une créature molle et rosâtre, à l'apparence très proche de celle d'une énorme pieuvre. Il s'avère que c'est un extra-terrestre propulsé sur Terre pour une période rédemption. Il doit satisfaire une famille dont les membres lui décerneront une note finale qui lui vaudra ou non le pardon. Or cette créature est douée de bien des pouvoirs…

Dans la même collection

Aventure

JEAN CAZALBOU
MARIE FÊTE
L'énigme de la main verte

YVES-MARIE CLÉMENT
Une ombre à Pétreval

MICHEL COSEM
Les traces sauvages de l'Estelas
Le chemin du bout du monde
Les neiges rebelles de l'Artigou

ROMAIN DRAC
Le trésor de Goba-Mosquito

LOUIS ESPINASSOUS
Jean de l'Ours

GIORDA
Les naufragés du Bounty
Prix de la Société des Gens de Lettres-1987

MICHEL GIRIN
La marée noire de San Marta

ALIM HEKMAT
Pour l'amour d'un cheval

YVES HEURTÉ
Les chevaux de vent

GÉRARD HUBERT-RICHOU
L'épreuve des trois causses

ROGER JUDENNE
Quand naîtra le lama bleu

SARITA KENDALL
Le récif de la cloche

JEAN MÉRILLON
Koffi risque-tout

CATHERINE MISSONNIER
Le mystère de la grange aux loups

CARLOS PUERTO
Quand rugit la lionne

JOSETTE RAUZY
L'Aventure a les pieds mouillés
L'ânesse en jupons

JACQUELINE SEYRAL
Le fils du chef canaque
L'année-Zanzibar

BERTRAND SOLET
Aventures aux Philippines

ARMAND TOUPET
Nuit étrange dans la taïga

CHANTAL TOUZET
L'amulette du grand chef Yanoama
La dernière bataille de Pépé Caporal

JACKIE VALABRÈGUE
Le secret du scarabée d'or

Fantastique – Science-fiction

JACQUES BARNOUIN
L'alerte noire

ANNE BECHLER
L'année de la Sauterelle

ROBERT BELFIORE
La pieuvre de Xeltar

ROBERT BOUDET
Objectif Terre !
Les mille vies de Léon Camet

CLAUDE CÉNAC
Les Robestiques
Comment va ta puce ?

YVES-MARIE CLÉMENT
Mission aedes

SUZANNE DE ARRIBA
Les fantômes
de la Côte-aux-Pins

PHILIPPE DORIN
Le jour de la fabrication
des yeux

MARIE DUFEUTREL
Le lutin d'appartement
Le télépiège

JOAN FLANAGAN
Mon frère
et autres créatures bizarres

CHRISTIAN GRENIER
Futurs antérieurs
Le satellite venu d'ailleurs
Virtuel, attention : danger !

JACQUELINE HELD
Piège sur Orlanda

RÉGINE JOSÉPHINE
Les rebelles de l'Enki-Éa

MIREILLE MAAGDENBERG
La bête des hachélèmes

ANNIE LÉVY
Histoire d'un charisson

MIETTE MARSOL
Fifine et le fantôme

GÉRARD MONCOMBLE
L'heure du rat
Les yeux d'Oo

CHRISTINE NÖSTLINGER
Zapping surprise

SILVINA OCAMPO
La tour sans fin

PIERRE PELOT
Le pays des rivières sans nom

MAURICE PÉRISSET
Les statues d'algues

MICHEL PERRIN
Le petit Albert et autres
contes à découdre
Le grand Jacady et autres
contes à découdre

MICHEL PIQUEMAL
GÉRARD MONCOMBLE
L'énigme du Pompina

EMILY RODDA
Cochon vole !

JEAN-LUC SAUCET
L'étrange voyage
d'Augustin, fils d'Oxymèle
Prix Octogones, 1991

FRANÇOIS SAUTEREAU
La petite planète

HENRY THIEL
Tim
Les sirènes de Néopolis

Humour

ROBERT BOUGHTON
Chiots à louer

MARIE-LAURE CASTETS
Une femme-sardine

MAX DANN
Mon meilleur ennemi
Pour tout l'or du monde
Tabasse est amoureux

HERVÉ DEBRY
Rock'n loup

PHILIPPE DELERM
C'est bien
Surtout, ne rien faire

JEAN FOUCAULT
Très grande syncope en TGV

BERNARD FRIOT
Histoires pressées
Nouvelles histoires pressées
Encore des histoires pressées

THIERRY LEFEVRE
La terrible cuisine
de Benjamin

DANIEL MEYNARD
Arrête ton cinéma

GÉRARD MONCOMBLE
Georges Bouton,
explomigrateur
L'héritage de Georges Bouton
Guide *Georges Bouton*
de Timbalie

JEAN-LUC MOREAU
Mimi et le dragon

DEBRA OSWALD
L'incroyable Barry
Le retour du Haricot cuit

HÉLÈNE RAY
Juliette et les choses
de la vie

GÉRARD-HUBERT RICHOU
Petits contes comme
autrefois… ou presque

BRIGITTE RICHTER
Hold-up à la crèche

UWE TIMM
Rudi la Truffe,
cochon de course

NICOLAS VATIMBELLA
Fables goulues

Poésie

VÉNUS KHOURY-GHATA
Leçon d'arithmétique
au grillon

HUBERT MINGARELLI
Le secret du funambule

MICHEL MONNEREAU
Poèmes en herbe

Nouvelles

COLLECTIF
Nouvelles 100 %

JEAN-MARIE ROBILLARD
La route des matelots
Jean des Oiseaux

JOCELYNE SAUVARD
Contes sous la lune

Société – Psychologie

PHILIPPE BARBEAU
Le chat de l'ombre

ANNE BECHLER
Le trésor de l'île

MARIE-CLAUDE BÉLIOT-LAPLACE
L'arbre aux miracles

CLOTILDE BERNOS
Les secrets de Cloche

MARIE-CLAUDE BÉROT
Un bisou sur les yeux

NADINE BRUN-COSME
Lisa l'intruse
15e étage, porte droite : Léo
La petite buissonnière
Celle qui murmure
Le jardin-colère

VALÉRIE DAYRE
Miranda s'en va

MARIE-PAULE DESSAIVRE
La dame de marbre

PHILIPPE DELERM
La fille du Bouscat

ANNE-MARIE DESPLAT-DUC
Le minus

GIORDA
Toutes griffes dehors
Drôles de combines

FRANÇOISE GUILLAUMONT
La promesse

MICHELINE JEANJEAN
N'ayons pas peur des mots

SUZANNE MALAVAL
Le bel été de Pontabeille

STÉPHANE MÉLIADE
Il faut scier le zèbre

JEAN MÉRILLON
Émeline et le talisman

DANIEL MEYNARD
Au pays du silence

CATHERINE MISSONNIER
Un piège à loubards

HÉLÈNE MONTARDRE
Au pied du mur
Hilaire, Hilarie et la gare de Saint-Hilaire
Les étangs du Roy
Le grand-père de la nuit

CLAIRE-ADÉLAIDE MONTIEL
Le paradis des « dgines »

CLAUDE MORAND
Dans dix jours moins trois heures

ELEANOR NILSSON
Le 89e chaton

ANNE-MARIE PAPIERSKI-BRÉDY
La balançoire

MICHEL PIQUEMAL
Le jobard

ODILE RIONDET
Sophie s'en va

AMÉLIE RANGÉ
Agathe ou le jardin du peintre

ÉVELYNE REYMOND
L'après-midi des dames

BRIGITTE RICHTER
Mon père est en voyage

Société – Psychologie

ANNIE ROBERT
Un père à tout prix

LANCE SALWAY
Le pays imaginaire

GENEVIÈVE SENGER
La guerre des marrons
Une vallée prisonnière

ANNE SIBRAN
Le cloune et la belle cuillère

PIERRE THOMÉ
Le rêve de chien rouge

CLAUDE-ROSE ET LUCIEN-GUY TOUATI
Il va falloir encore grandir

JACQUES VENULETH
Juste un coin de ciel bleu
Matin d'orage
Le Père Noël et les enfants du désert

MARIE-CLAUDE YÈCHE COMBES
Grand-mère au pays des iguanes

ADELINE YSAC
Les larmes de mon père

Policier

MARIE-JEANNE BARBIER
Le secret du caniche

ISABELLE BORDALLO-LABAL
Sur la piste de Youri

ROBERT BOUDET
Du rififi dans les poireaux

PIERRE CORAN
Terminus Odéon

E.B.P.
La bague aux trois hermines
L'homme rouge de Hang-Tchéou

GIORDA
Les enquêtes de Mac et Maribé
Nouvelles enquêtes de Mac et Maribé

GÉRARD HUBERT-RICHOU
Walkman

JULIE MARIVEL
L'affreuse affaire Malabarre

HÉLÈNE MONTARDRE
La dormeuse du Val

AMÉLIE RANGÉ
L'ice-cream était presque parfait

PIERRE SYLVAIN
L'affaire du vieux dico

JACQUES VÉNULETH
L'assassin n'aime pas la corrida

Histoire

ALAIN BELLET
Matelot de la Royale
Le gamin des barricades

MARIE-CLAUDE BÉROT
Alazaïs en pays cathare
Pierrou de Gavarnie

ELIZABETH BORTON DE TREVINO
Le violon du Tsigane

PIERRE CORAN
Le commando des Pièces-à-Trous
La fronde à bretelles
La nuit des Pélicans

MICHEL COSEM
La chevauchée de la délivrance
L'enlèvement de Brunissen
La chanson du troubadour

MARIE-PAULE DESSAIVRE
Du givre en mai

MARIE-CHRISTINE HELGERSON
Vers l'Amérique

DOROTHY HORGAN
Au fil de la guerre

YVON MAUFFRET
Le jardin des enfants perdus
Pilotin du cap Horn

HÉLÈNE MONTARDRE
La colline aux oliviers
Les enfants sous la lande

MICHEL PIQUEMAL
Le pionnier du Nouveau Monde

JEAN-PAUL RAYMOND
Thierry le chevalier sans nom

BÉATRICE ROUAULT
Raoul à la conquête de l'Angleterre

SUZANNE SENS
Mémoires d'Hubert, écuyer de Janville
L'été dans la tourmente
Jehan du Besiau
Un drame sous l'Empire

ARMAND TOUPET
Berlin, les enfants et la guerre
L'enfant à l'étoile jaune
L'enfant du village perdu

JACKIE VALABRÈQUE
Les gamins du 6 juin

Aubin Imprimeur
LIGUGÉ, POITIERS

Achevé d'imprimer en avril 1997
N° d'impression L 53695
Dépôt légal avril 1997
Imprimé en France